成 长 之 树

苏州市成长之树公益助学中心　编

北京日报出版社

图书在版编目（CIP）数据

成长之树 / 苏州市成长之树公益助学中心编.

北京：北京日报出版社, 2025. 8. — ISBN 978-7-5477-

4774-2

Ⅰ. I25

中国国家版本馆CIP数据核字第2025K3U375号

成长之树

出版发行：北京日报出版社

地　　址：北京市东城区东单三条8-16号东方广场东配楼四层

邮　　编：100005

电　　话：发行部：（010）65255876

　　　　　总编室：（010）65252135

印　　刷：三河市中晟雅豪印务有限公司

经　　销：各地新华书店

版　　次：2025年8月第1版

　　　　　2025年8月第1次印刷

开　　本：710毫米 × 1000毫米　1/16

印　　张：16.5

字　　数：251千字

定　　价：79.80元

一棵树

——献给所有在"成长之树"相遇的人

沙 娜

有一棵树，

它的根，扎进大山深处，

扎进一页页书信，

扎进每一次翻山越岭的脚步。

它的枝，伸向遥远的课堂，

伸向孩子眼中未说出的渴望，

伸向那些，仍愿相信温暖的方向。

它的叶，刻着一串串闪光的名字；

它的果，藏在孩子无邪的笑容里。

它开花——只是为了昭示春意。

风吹过，它不喧哗，

只在日复一日的平凡中，

悄悄结出善意的果实。

这棵树，从不孤单，

它是森林里一场不图回报的相遇，
是十五年光阴中，无数个"我在这里"。

它不说大道理，
只将十五个春天的光影，
深深刻进年轮里。

只要还有一个人，
愿为另一个生命驻足，
这棵树，就会继续生长——
在荒凉处长出希望，
为世界守住一盏微光。

目 录

但行好事，莫问前程

顾明华

前几日，一位友人问我是否还记得在"成长之树"捐助的第一个孩子。我沉思许久，终是摇了摇头。十五年光阴流转，当初汤永坚（苏州成长之树公益助学中心创始人之一）与四位同窗萌发的善念，如今已成长为拥有五千余"大树"（捐助者）和一万三千余"小树"（受助学生）的非营利组织。时光将太多故事镌刻成巨木的年轮，但当友人追问那些孩子的近况时，我方恍然：遗忘的缘由，或许并非岁月漫长。

一切的起点，是贵州赫章山区的孩子们。十五年前，尽管国家有政策扶持，但闭塞的交通、贫瘠的经济与滞后的观念，仍让一些深山少年不得不在辍学的边缘挣扎。本该执笔的手握起了锄头，本该奔跑的脚困于田间，稚嫩的身影在校园与生计间徘徊不定。当看到老汤翻山越岭带回的照片与影像时，我心底的弦被重重拨动——即便无法照亮他们的一生，至少能为深山中的少年燃起一盏微弱的灯。

于是，我与"成长之树"的命运齿轮悄然咬合。这一转，竟是十五年。

起初的善念如星火燎原，逐渐点燃了周围人的爱心宇宙。作为"大树"之一，我与志愿者们共同浇灌这片公益森林。而公益的枝蔓，亦悄然延伸至我生活的其他角落——为人夫、为人父、为肩负员工生计的企业主，我始终将这份内心的澄明传递给身边人，让更多人踏入爱的能量场。以"博爱牵手，让爱传递"为主题的慈善年会，已成为我们企业年尾的固定仪式。十数载春秋，舞台上分享故事的志愿者、台下动容的与会者、踊跃竞拍的爱心人士，皆化作这片森林的新苗。那些义卖的手工艺品与画作，虽价值各异，却满载赤诚；一笔笔善款汇入账户时，仿佛能听见远方的读书声又清亮了几分。

2024年，我接任"成长之树"监事长一职。从副理事长到监事长，肩上的责任愈加沉甸。合规运营、可持续发展成为重心，但比起捐赠数字的攀升，我们更愿在时光长河中，让善意的涟漪触及更多生命。

今年公众号推送的名单中，又有249名"小树"考入大学。十五年来，累计两千余名少年由此走出深山。我记不住他们的姓名，他们亦不知晓我的存在。那盏微弱的灯或许不足以照亮前路，却能赠予一丝暖意，让他们带着社会的爱与善意，轻装踏上属于自己的征程。而这份温暖，亦反哺着我们的内心——助人者，何尝不是被光点亮的存在？

友人追问："那些孩子，后来如何了？"我答不上来。并非漠然，而是深信：只要将这件事坚持做下去，让爱与光明生生不息，结局终会走向圆满。

但行好事，莫问前程。

善护念，快乐做公益

黄静玥　高飞

　　不知不觉，成长之树创立至今，已有十五个春秋。在这漫长的岁月里，始终有一群人，如影随形，默默守护着它，为它的茁壮成长倾注了无数心血。徐声波老师便是其中一位元老！他以睿智的眼光与至诚之心，为成长之树献计献策，一路保驾护航。

　　在组织创立之初，作为成长之树监事长的徐声波老师提出了几个核心观点，为成长之树定下了明确的方向和行事准则。

　　做公益应该是快乐的，是不图名不图利的，名曰"快乐公益"。无论是工作团队还是捐助者大树们，只有快乐地做，这项活动才能长期做下去。赠人玫瑰，手留余香，慈善公益本身就是快乐的事情，若不快乐，那一定是哪里出了什么问题，是目标定高了，还是期许了一些本不应该期许的回报？

　　我们发起人要把成长之树作为一项事业来做。成长之树的主干必须非常明确。这棵树的树干，就是我们的"一对一资助"项目，把大树们的捐款一分不少地送到小树手上。这是成长之树最鲜明的特色，要聚焦。其他一切活动如拍卖、义卖、徒步、网络直播、月捐、同步教学、生日PARTY（聚会）等各类丰富多彩的活动都是分支，都要围绕着这个主干展开。

一个慈善组织要想健康地发展下去，必须一切公开透明。特别是在组织架构、财务账目、项目决策层面要做到公开透明。每一个环节都有人负责，每一个问题都能得到及时解决。财务管理必须比企业更加严格。每年都有内部审计和审计机构的审计并在网上公示，保证透明公正。每一笔捐赠的钱款，监事会会进行随机抽查。谁发放的助学款，孩子是否签收，结果是否都有反馈，所有的细节都要做到完善和清晰。这样不仅能够确保我们的资助真正落到实处，也能够让捐赠者放心、让受助者安心。一直以来，成长之树也正是按这样的指导意见操作的。

徐老师还提出成长之树任何一个项目的启动都要秉持着谨慎的态度，监事会作为组织的重要机构，其角色不仅仅是对项目进行监督，更应在项目初期就发挥其审议和评估的职能。每个项目在提交给理事会决议之前，都应先经过监事会的充分讨论。这种双重决议的机制保证了每个项目都是经过大家深思熟虑的，从而确保在后续推进过程中有足够的稳健性。

当问及目前经济环境不景气，对成长之树的发展有什么期盼时，徐老师说："我们要做快乐公益。我们不用在意施助的对象是谁，谁在施助，拿什么东西施助，这些都不重要，重要的是，我们尽己所能，留下并保护好自己的善念和爱心。即便经济形势不好，咱们也不用给自己压力，顺其自然地去做，可以做小一点，也没关系。就像天气晴朗，我就一天挑120斤的担子，刮风下雨那就休息一下，或挑少一点，咱们的月捐就很好，5元，10元，不一定要多，把种子多撒点，撒得广一点，开开心心地去把公益做好，而不是把公益当成一种负担。"

社会在发展。徐老师说，如果中国没有了贫困孩子，世界上其他国家可能还有，爱无国界，我们会把我们的爱传播到更远的地方去。快乐地去帮助更多的人。成长之树的使命是让世界上不再有因贫困而辍学的孩子。最后徐老师开玩笑地说："成长之树最终一定会消灭成长之树，但我们的爱心永存！"

岁月流转果满枝

——成长之树与泰和十五载光阴纪

汤永坚

　　缘于与万玉娇的一个约定，癸卯新春我再访泰和。十五年前，成长之树在江西泰和县开启了资助孩子的旅程。十五年后，当我再次踏上这片红色土地时，感受到的不仅是城乡巨变，更有岁月沉淀的感动——昔年那些曾被守护的稚嫩幼苗，早已在时光流转中亭亭如盖，硕果满枝。

车轮丈量光阴　铁轨延伸希望

　　从苏州到泰和有一班直达列车——"周恩来号"，火车头前悬挂着周总理铜像，十余年间载着我无数次穿行于江南烟雨与赣南山水之间，车轮与铁轨的铿锵声里，承载着十五个春秋的牵挂。这一列绿皮火车的时刻表仿佛为我量身定制，那时的行程总如精密的钟摆：周五暮色中启程，周六晨光里抵达，一整天马不停蹄地走访贫困学生家庭、发放助学款，而后星夜伴着列车的笛声归去，当朝阳再次升起，我已回到苏州，丝毫不影响我的正常工作。

　　彼时的泰和县城，像幅褪色的水墨卷轴。火车站孤零零伫立在郊野，街道寥落得寻不到一盏红绿灯，孩子们渴望的洋快餐更是无处可觅。而今重临故地，恍若置身新绘的工笔画卷：高铁如银龙穿山越岭而来，天虹商场折射着都市霓虹，街巷间楼宇如春笋拔节生长，崭新的校舍里琅琅书声正穿透春光。唯有站台上"周恩来号"的铭牌，依然镌刻着往昔的记忆。岁月更迭，车轮碾过十五年，归途车窗外的灯火渐次连成星河。我抚窗凝望：窗外飞逝的不仅是风景，更是一个时代的背影。

孤羽终成鸿雁　星火点亮心灯

众多受助孩童中，谢子晨是我最为牵挂的孩子之一。十五年前，他是上模乡中心小学三年级的学生，父母早逝，与年迈的祖父母相依为命，祖孙三人每月仅靠六十元补贴度日，我第一次见到谢爷爷的时候，他几乎在哀求我"给孩子找一个出路"，希望苏州有好心人能够领养这个孩子。我们也曾尝试寻找合适的家庭，但终因领养程序复杂而放弃这个想法。而我真的无法放下这个孩子不管，老人那声叹息，总在午夜梦回时叩击心扉。于是成长之树成立了第一个学生专项助学项目——"谢子晨助学项目"。该项目由三十多位资助人完成，十四年来这些资助人始终不离不弃，直到谢子晨大学毕业。每个月三百元生活费（后来增加到五百元）会准时打到谢子晨账户上，这个项目还筹集了谢子晨大学四年的所有学费。

当年谢子晨就读的小学离家远，谢爷爷就在学校附近租了一间房陪读，房租一年只要二百元。后来房东了解到谢家的情况干脆就不收房租了。谢爷爷平时种点菜，这样可以减少生活开支。他把好吃的都留给谢子晨，自己平常都不舍得吃一口肉。

记得有一年深秋，苏州突降寒潮。我梦见子晨裹着空荡荡的棉袄瑟瑟发抖，掀开衣襟竟无半点棉絮，小小身影单薄得像风中芦苇。惊醒后我致电肖校长，次日一早便寄去了厚实的冬衣。

再见谢子晨，当年怯懦的男孩已长成翩翩少年，阳光了许多，还主动和我们交谈。当时他就读于泰和二中，正在为高考做准备。谈起对未来的打算，谢子晨说他准备报考井冈山大学或者吉安师范学校等本地学校，这样离家近些，方便他照顾年迈的爷爷奶奶。他还表示将来有能力了也要像我们一样去帮助需要帮助的人，这是一个懂得感恩的孩子，我的内心涌动着一股暖流。同行的沙娜也被这个孩子内心深处的善良和淳朴的本性深深打动。

谢子晨如愿以偿考取了井冈山大学，这是命运给他的第一枚勋章。那年，成长之树还组团去了泰和县谢子晨家"喝酒"祝贺。

进村后我依稀还能认出他们家，房子是谢子晨爸爸生前留下的，十年来几乎没什么变化，二楼依然没有安装门窗，房子的外墙依然没有粉刷。

那年已经八十二岁的谢爷爷一眼就认出了我。他紧握着我的手，激动得久久不肯放下。

谢爷爷身体非常好，始终笑着用方言对我们说一些感谢的话，我相信谢爷爷的笑是发自内心的，也看得出谢爷爷满满的幸福感。他说苏州人对他家的帮助是非常大的，当年如果没有苏州人的帮助，这个家庭不知道现在是什么样。现在好了，各级政府都来关心他们，基本生活都有保障，他要好好保重身体。他希望谢子晨将来去当兵服役报效国家。

谢子晨去年大学毕业后在一家化工企业短暂工作了三个月，九月份就报名参军了，现在是一名从事地勤服务的航空兵。谢子晨拿到第一个月的津贴就联系我，资助了一名高中生。他说，等他有了工资，再来每个月都资助。令我倍感欣慰的是当年蜷缩的雏鸟，终成庇护他人的鸿雁。

微光汇聚星河　步履丈量初心

同样见证泰和十五年变化的还有当地的志愿者邱勇和刘萍。2008年，邱勇与我相识于微博，成为成长之树最早期的志愿者之一。因为认同成长之树的助学理念，身负使命感的邱勇今天依然坚持使用成长之树logo（标志）做自己的微信头像。打动他的不是豪言壮语和宏伟蓝图，而是成长之树的每一位志愿者眼神中的善良和正义。他说，成长之树是一群愿意蹲下身来和孩子们交流的人。2013年，身在南昌的邱勇为成长之树牵桥搭线，通过江西卫视找到了曾在贵州省赫章县石板村支教的周玉阳夫妇，为成长之树后来在赫章县的助学工作做了很多铺垫。

十五年前，刘萍担任上模乡的副乡长，也是成长之树的第一个志愿者。曾在基层工作的她对我们的资助群体非常熟悉，像家人一样关心着这些孩子，对于成长之树资助的每一个学生，她都可以如数家珍。志愿者工作充满了不为人知的艰辛和不被理解，她后来先后担任泰和县文广新旅局副局长、泰和县供销合作社联合社副主任等职。对于担任公职的刘萍来说，有时也会感到力不从心。在别人眼里有点"不务正业"的刘局奔走了好多部门，特别希望得到有关部门的支持，让泰和县的助学项目持续下去。因为她的努力，泰和县的助学项目得到了当地团委的支持和配合。刘萍心里知道，这些对大部分家庭来说微不足道的资助款足以改变贫困孩子未来的成长轨迹。有个女孩叫周金金，她平时学习成绩不算太好，可她从小就喜爱画画，遗憾的是家里负担不起兴趣班的费用。有了成长之树的资助款，她就可以跟着老师学习绘画，去多彩的世界里追逐自己的梦想。刘萍打了个比方，她说贫困家庭的生活就像托盘里的四个球，晃晃荡荡的，成长之树的助学款恰是定盘的第五球，当这个球放在中间时，就满满当当地稳了。

志愿服务过程中常常会遇到各种压力和挫折，诸如学校或家庭不配合，家人或同事不理解，或者受自身经济条件影响等。十五载寒来暑往，有人中途离去，更多身影却汇成星河。跟邱勇、刘萍一样内心充满力量的爱心使者，在荆棘中从容淡定地继续前行。他们像赣江边的红砂岩，经年累月被时光冲刷，愈加温润坚韧。

新苗已成嘉木　年轮刻写传承

因与万玉娇的一个约定，才有了今年春节东乡、泰和走访的计划。报名链接发布后，有九名志愿者报名参加，要走访三十个学生家庭，其中东乡二十个，泰和十个。泰和的走访任务较轻，我就想是不是可以跟最初资助的十八个学生见个面，了解一下他们现在的生活情况，这也是我长久以来的牵挂。于是，我把这个想法跟当地志愿者做了沟通，第二天志愿者告诉我，"大部分同学都通知了，他们听说汤老师会来都非常高兴"。

座谈会安排在上模学校召开，这是一所新建的九年一贯制学校，就在上模乡政府的旁边。跟之前的小学和初中相比，眼前的学校可以称得上"豪华"。教学大楼、学生宿舍楼、教师宿舍楼、食堂、标准化的大操场一应俱全。孩子们彻底告别了原来那低矮的教学楼、凹凸不平的操场、简陋的宿舍和简易的厕所。

那天孩子们早早地来到学校，当我踏进会议室的时候，瞬间被温暖包围，"汤老师好""汤老师好"。我从记忆深处慢慢地搜寻着他们的名字，郭德浩、曾依萍、吴冬生、肖前培、肖烈城、罗艺、罗梦、郭慧敏、曾鑫、刘欢、刘莉……

之前，我陆陆续续地了解了一些孩子的去向。一直怀有数学梦的郭桂妹由华中师范大学毕业后，先在深圳一所中学任教，两年后申请去新加坡南洋理工大学读数学方面的研究生，现研究生已毕业，仍在深圳工作。"小大人"吴检美研究生毕业后在苏州常熟一所中学教历史。

我跟孩子们讲了成长之树十五年走过的路，我告诉孩子们泰和是成长之树出发的地方，上模乡更是成长之树的根。孩子们回忆着跟成长之树的点点滴滴，罗艺说，那个十五年前给的包包还在背，虽然有些旧，但一直不舍得扔。郭德浩说，那件羽绒服穿了好多年。吴冬生说，去井冈山夏令营他是那个半蹲着拿横幅的人。现在大多数孩子有了理想的工作和美满的生活，有的在广州，有的在深圳，有的在赣州，有的在吉安。有的刚刚结婚，有的已是两个孩子的母亲，当然还有正在热恋中的，还有正在寻找意中人的……有的在民营企业，有的在外资企业，有的在学校、医院工作，还有的准备考公务员……第一批资助的十八个学生中，十五个考取大学（其中五个研究生毕业），两个未读高中，一个随父母转外地无后续联系。

会上，我把一个想法跟大家作了交流，就是后期泰和新申请学生家庭的走访任务可以由在当地工作的学生组成志愿者走访小分队去完成。勉励大家在各自的工作岗位上，在力所能及的基础上去帮助需要帮助的人，他们都纷纷表示大力支持。

原来时光终会将遗憾酿成圆满，曾经被温暖过的生命，正在成为传递温度的火种。望着这些已成栋梁的青年，我忽然懂得：所谓善行，不过是把星光传给提灯的人。

沃土滋养根系　岁月沉淀芬芳

泰和是一座具有文化传承的城市，抗日战争时期浙大西迁，曾在这里停留半年多，这座城市至今保留着尊师崇文的文化气息。成长之树从泰和启程，不得不说和这里有着深深的缘分。

十五载春秋风雨兼程，我们播撒善意，也收获美好。当年成长之树资助的小树都长大了，那些曾经弱不禁风的枝丫，如今已成长为蔽日的华盖，铺展翠绿的篇章。而大树们那些深夜整理资料的困倦、翻山越岭的艰辛、不被理解的苦涩，终在孩子们的笑靥里酿成了蜜。其实我们人生中的每一个选择和行动，都像一颗种子，会在时光流转中破土发芽，并在某个春日绽放满树繁花，也必定在金秋硕果挂满枝头。

2025 年 2 月

与成长之树温暖同行

沙 娜

对成长之树而言，十五年是一段浸润着爱与坚持的旅程，也是一次向着星辰大海重新启航的契机。于我而言，2013年与成长之树初遇的缘分，恰似一粒种子落入心田，在十二载光阴流转中生根抽芽，终成葳蕤绿荫。这不仅是公益组织从幼苗长成参天大树的故事，更是万千贫困孩童生命中被点亮的星光，是无数志愿者在奉献中与自我灵魂的温柔重逢。当我们用微光点亮他人的路途时，那光芒亦如萤火般照亮了自己的心房——原来每一份炽热的爱心，每一滴温润的汗水，都在时光长河里凝结成璀璨星河，为孩子们织就漫天星光。

缘起：在人间褶皱里播撒星光

常有人问我为何参与成长之树。或许答案藏在那些刺痛心灵的瞬间里，又或许源于血脉中流淌的悲悯。每当目睹橱窗里华服美饰与山野间褴褛衣衫形成的对照，内心总会泛起涟漪：那些随手挥霍的奢靡，是否本可化作滋养生命的甘霖？

2013年的某个春日午后，北京的玉兰正绽放在枝头。我刚从常去的女装店抱回满怀新衣，后备箱里还弥漫着崭新衣料的香气，一通电话悄然改写了生命的轨迹。老同学汤永坚风尘仆仆抵京，邀我和北京的两位志愿者见面聊聊。在北京的一个小茶馆里，氤氲茶香中两位志愿者眼底的光芒与老同学递来的文件夹形成了奇妙共振。他们展示给我的那些照片里，扎着麻花辫子的江西女孩为凑学费卖掉长发，贵州男孩磨破的布鞋露出倔强的脚趾，可他们眼眸中跃动的求知光芒，却比任何语言更令人震撼。指尖抚过照片上补丁摞补丁的衣衫，耳畔回响着汤永坚讲述的走访故事，我忽然听见心底冰层碎裂的声响——方才挥霍的数万元，足以让五十个孩子吃上半年饱饭啊！那天走出茶馆时，夕阳为紫禁城的琉璃瓦镀上金边，而我已在心底栽下一棵小树：每月少买一件衣服，就能为某个孩子撑起一片晴空。

成长：与爱同行的生命交响

公益于年轻人而言，是灵魂的修行，亦是生命的诗行。当女儿佳蔚远赴欧洲求学时，我将成长之树的徽章悄悄放入她的行囊。这个从小在琴键上寻找旋律的姑娘，竟在异国他乡谱写出动人的公益乐章。记得组织十周年庆典时，汤老师提议创作主题曲，我忐忑接下作词重任。那些深夜伏案的时光，钢笔在稿纸上沙沙游走，仿佛能听见远山深处孩子们的琅琅书声。而当佳蔚将歌词化作流淌的旋律时，琴房里跃动的音符与书页间的文字，竟交织成母女俩最深刻的心灵对话。

更难忘成长之树十周年纪念视频诞生的日夜：我的姑娘守着电脑剪辑素材，屏幕蓝光映着她眼底的血丝，咖啡凉了又热。从浩如烟海的影像中捕捉笑与泪的瞬间，将十年光阴浓缩成五分钟的光影诗篇，她笑着说这是在用数字时代的笔触书写公益史诗。如今，她利用归国假期扛起摄像机深入山区走访，为成长之树十五周年制作一部纪录片。镜头里孩子们羞涩的笑靥，代替了当年文件夹里那些刺痛我的目光——原来爱的传承，本就是生命最美的轮回。

温度：蹲下来看见的世界

曾跋涉过江西泰和的青石板路，抚摸过甘肃迭部教室斑驳的木窗。每当将助学金放入孩子掌心时，总能触到命运齿轮转动的微颤。有位志愿者说："我们不是在施与，而是在学习如何蹲下来倾听花开的声音。"在这里，助学不是居高临下的怜悯，而是心与心的平等对话：我们不要求感谢信，不苛责考试成绩，只愿守护每株小树向阳生长的尊严。

记得某个深秋的发放日，女孩悄悄塞给我一幅画：粗糙的作业纸上，大树用枝叶为小树遮挡风雨。她指着画中一角羞涩地说道："这是用阿姨上次送我的彩笔画的。"那一刻，山风裹挟着野菊的清香穿堂而过，我忽然懂得——所谓公益的温度，便是让受助者保有挺直脊梁的底气，让善意成为双向奔赴的春暖花开。

微光星河：照亮人间的暖

十五年时光里，无数温暖的星子在此汇聚：画家挥毫泼墨捐赠义拍，大姐连夜编织御寒手套，邻居搬来整箱课外书……这些细碎的善意如同山涧清泉，终将汇成润泽生命的江河。我的书房至今珍藏着孩子们用作业纸折的千纸鹤，它们翅膀上歪歪扭扭写着"等我长大也要帮助别人"。原来当我们俯身播撒星光时，收获的竟是整片银河。

十五年：向着更远的远方

站在十五年的界碑前回望，那些泥泞山路上的足迹、深夜改稿的灯火、越洋视频会议里的问候，都化作年轮里最温润的印记。公益从来不是单程的施与，而是生命与生命的彼此照亮：我们给予孩子们追逐梦想的翅膀，他们报以我们澄澈如初心的目光。

未来的征途上，或许仍有寒风掠过山岗，但只要我们记得——某个教室里因新书包绽放的笑颜，某个少年接过助学金时颤抖的指尖，某个深夜里志愿者们的温暖守候，便会懂得：爱从来不是沉重的负担，而是照亮远方的火炬。

愿成长之树永远苍翠，愿每株小树都能触摸星空。你看，春风又绿山野，我们仍在路上。

十五年：一颗种子长成一片森林

丁凡越

你愿意相信一颗种子的力量吗？它或许渺小，却能在贫瘠的土地上破土而出，撑起一片绿荫。

你愿意为一份善意付出持续的行动吗？哪怕前路漫长，哪怕风雨兼程，却依然相信一份微小的努力可以点亮一个孩子的未来。

如果，这场行动需要十五年，甚至一生呢？

爱是种子，亦是森林。我们用时间浇灌，用信任照耀，用毅力滋养，见证种子长成参天大树，众木成林，为新的生命庇护。

这并非诗意的渲染，而是十五年来成长之树走过的真实之路。

缘起：相遇泰和县

2011年，当汤永坚完成了上一轮学生资助后，很自然地想继续资助其他孩子。当时的他并不知道，就是这样一个简单的想法，会促成自己踏上一条不知尽头的公益之路，他更不会想到之后的十五年会遇到如此多的风雨与爱意。

2011年，汤永坚继续在泰和县寻找需要帮助的孩子，其间遇到了泰和县上模乡的副乡长刘萍。她一口气提供了18个需要帮助的学生的名单。18个孩子，18份期待，单靠一个人的力量显然难以承载。于是，汤老师开始感召身边的朋友、同事，邀请他们一同参与这场爱意的接力。那写在纸上的一个个学生名字，像一颗颗投入平静湖面的石子。素未谋面的人们内心波澜起伏，爱意潮水般涌动。短短两天时间就募集到了来自36位爱心人士的7200元助学款，当时每个孩子每年需要400元的资助，而每位资助人的资助上限只有200元，这也是后来在成长之树资助学生每份200元的由来。

2011年3月3日，汤老师满载着36位同道人的希望，独自背着7200元助学款，踏上了前往泰和县上模乡的路。在上模乡中心小学和上模中学，亲手把每人400元的现金送到了18个孩子的手上。

刘萍副乡长被这份善举打动，成了助学团队第一位当地志愿者。当她调动到泰和县南溪乡之后，又为助学团队提供了10个孩子的名单。就这样，爱的需求不断扩大，爱的光芒跟随聚焦。

公益的力量在于集体的参与。一个人的力量有限，而当更多人加入时，改变的力量将超乎想象。

2012年10月，之前参与助学的爱心人士在苏州白马涧龙池风景区召开大会。90多名同道悉数到场。这场会议至今仍被人称道。会上，大家的热情如火焰般燃烧，每个人都表示：助学这件事，意义深远，一定要坚持做下去。

会上大家达成"三个必须"的共识：资助地和学生必须通过实地考察确定；助学款必须根据学生数量精确募集；助学款必须前往当地以现金形式发放到学生手中。会议一致赞同采取"一对一"地从小学到高中的长期助学模式。

这次会议的核心内容成为之后成长之树健康发展的基石。

踏遍山河　寻找需要光的地方

随着越来越多爱心人士的加入，一个意想不到的局面出现了：等待资助的孩子不够了。而这之前团队确定了"按需募集，不超募"的原则，这让团队开始思考如何拓展助学的边界。

团队成员利用出差的机会，走遍全国，寻找需要帮助的孩子。苏州的胡延龄去了河南光山，扬州的杨子踏上了甘肃平凉的土地，上海的Samantha则远赴云南丽江。然而，探索之路并非一帆风顺：大雪封路阻断了前行的脚步，对接人不合适让计划搁浅，乡镇经济条件的限制也让一些地区无法纳入资助范围……困难重重，但每一次尝试都为后来的工作积累了宝贵的经验。

这时候出现一个机会。那天，江西卫视正在报道周玉阳老师的事迹，他从贵州贫困地区带出来15个孩子到九江县（现柴桑区）上学。当时汤老师的第一反应是这15个孩子可以由成长之树来资助。通过南昌的志愿者邱勇联系到周老师后却得知，经媒体报道后他们收到的资助比较多，资金上没有问题。他建议可以联系一下贵州省赫章县石板村的张自忠老师。

由此石板村跟后来的成长之树结下了不解之缘。

联系张老师是一件很困难的事，或电话打不通，或打通却断断续续。后来才知道，张老师的手机信号取决于风向：东南风时有信号，西北风时就没有信号。电话沟通障碍重重，于是我们用EMS寄了20份"学生申请表"过去。过了很久才收到回函，"学生申请表"被弄得皱皱巴巴，填表的家庭大多有四五个孩子，人均收入很低。我们猜想这是他们为了获得这份资助故意把人均年收入填报得低一点，于是我们决定去石板村实地看看。

2013年3月，我们一行五人第一次去贵州走访。大家从不同的地方乘火车到六盘水集合，之后乘上中巴在大山里晃晃悠悠五个小时抵达了兴发乡，在那里见到了张自忠老师。他和想象中的老师很不一样，双手黑黑的，不修边幅，却显得很憨厚。

见到张老师才了解到，他家到兴发乡要走十几公里的山路，为了取信寄信每次来回都要走8个小时。（这正是后来我们不建议会员自己寄东西给学生，而是统一寄送到学校的原因）

目击贫困现场　重新定义公益

亲眼所见的贫困比任何数据都更具冲击力。做公益没有那么简单，首先要深入实地，了解真正的需求。

第一次去石板村走访，我们在张老师家住了两个晚上。条件比想象中差很多。门口泥泞的地面上堆积着一大摊牛粪，潮湿的空气里混合着牲畜的气味。两间低矮的土房，一间圈养着几头猪，另一间挤着全家人。日常主食只有玉米和土豆。但为了招待我们，张老师特意煮了一锅白米饭——既让我们深为感动，又让我们过意不去。后来，听张老师的妻子讲，张老师知道我们3月份要去，这一点点大米还是春节留下的呢。

3月份的石板村还很冷，有些地方雪还没有融化。孩子们脚趾都露在鞋子外面，厚衣服也没有，有的孩子穿的棉袄纽扣都没了，用一根布条胡乱地系着。他们烧的煤是到十几公里外废弃煤矿里挖来的。人们喝水就到山上直接喝引流水，据说这个水含氟量很高，所以当地很多人都是黑牙或黄牙。

石板小学只有三间老旧的平房，外加一间村委会办公室。房子窗户有的没有玻璃，拿塑料布挡着，孩子们在教室冻得瑟瑟发抖。全校一共6位代课老师，3人小学毕业，3人初中毕业。共有125名学生，只设一年级到四年级，读五六年级就要到兴发乡中心校。因为没有合格的食堂，"营养午餐"在石板小学只实施了7天就停了。孩子们有的带饭来吃，大都是难以下咽的玉米饭，也有带几块土豆的，有的干脆啥也不带，饿着。

还有很多孩子不上学，在家帮父母带弟弟妹妹，或者干农活，辍学率接近50%。

走访回来后我们当即决定：今后，只要是石板村的孩子，不管到哪里上学，我们都要资助。这是纯真善良的心灵，在被现实激荡之后发出的坚实的回音。

从此，我们团队的助学规模迅速扩大。从此，破土而出的幼苗向天空伸展，伸展。

成长之树的诞生

随着爱心行动的展开与深入，出现了几乎是必然要出现的情况：一边是越来越多的爱心人士被感召，急切地想要一个机会表达爱心；另一边是越来越多的贫困孩子出现在他们的视野中，如何有效对接成为新难题。零散的善意已无法承载这份双向奔赴的期待，很有必要借助组织的力量。但当时全国各地的公益组织良莠不齐，让很多爱心人士对此产生了疑虑。

资助者们觉得应该自己成立一个信得过的公开透明的组织，让每一份爱心都找到确定的归处。就这样，被使命的力量推动着，2013年汤永坚、任国飞、费振华这三位60后、70后、80后，决定共同出资，申请成立助学公益组织。

申请注册遇到的第一个问题是组织名称。正当大家为名称热烈讨论的时候，龚老师上小学三年级的女儿的一个灵感让大家高度认同：成长之树。是啊，一个个孩子就是一棵棵小树，我们的组织就是帮助这些小树健康成长的土壤和阳光；我们组织里的爱心人士就是一棵棵大树，为小树们遮风挡雨，护持他们学习成长；我们的这个组织也是一棵树，一棵由每一位爱心人士的爱心滋养才能成长的树。

遇到的第二个问题是logo（标志）设计。广泛征集创意后，王慧团队的构想最贴合成长之树的理念。受助孩子是小树，资助者和志愿者是大树，大树为小树的成长遮阴庇护，大树伴随着小树的成长一起成长。每一个孩子都是上天派到人间的天使，我们期望这些天使能快乐成长。一个在大树下开心舞动的小天使，成了大家一致认同的标志。

与此同时，组织的基本宗旨、原则也在这个集思广益的过程中确定了下来。基本宗旨是：把零散的爱心力量凝聚起来，为孩子们的成长助力加油，不图名不图利。五大原则是：自觉自愿、按需募集、"一对一"模式、长期性和隐私保护。

成长之树的"名分"

2013年6月，"成长之树"这个寓意深远的名称正式确定。与此同时，团队着手筹建官方网站，希望通过互联网让更多人了解并参与助学事业。同年9月，经过严格审核，成长之树网站成功获得工信部通信管理局的备案核准，迈出了数字化建设的第一步。

随着影响力的扩大，团队意识到"大象是藏不住的"，"名不正则言不顺"，必须让成长之树成为一个政府认可的组织。然而，成长之树的注册之路远比想象艰难。历时半年的"身份认证"历程，让我们见证了一个草根公益组织成长的艰辛与烦恼。

首要的难题是找不到主管单位。团队先后联系了教育、团委等多个部门，得到的回复都是"超出管辖范围"或"不符合主管条件"。

另一个现实困境是负责人问题。三位核心发起人中，汤永坚在国有企业担任管理职务，任国飞和费振华则分别经营着自己的企业。虽然他们都怀有强烈的社会责任感，但繁忙的本职工作让他们难以全身心投入组织运营中。大家不得不认真思考：在有限的精力下，能否真正承担起一个正规组织的管理责任？会不会影响组织的发展？

就在团队几乎要放弃注册计划时，转机出现了。经过多次诚恳沟通和实地考察，苏州市民政局慈善福利处被这群人的执着打动，最终同意担任成长之树的主管单位。而汤永坚则最终放下重重顾虑，承担起法定代表人的重任。

2013年7月16日，这是一个值得铭记的日子。"苏州市成长之树公益助学中心"在苏州市民政局登记注册成功。紧接着，组织顺利通过了苏州市财政局的严格审核，获准领用公益事业捐赠专用收据。这一刻，成长之树完成了重要的身份蜕变——从一个自发形成的松散团队，正式成为苏州市民政局主管的民办非企业单位（社会服务机构）。

一张印有统一社会信用代码的登记证书，不仅意味着合法身份，更代表着责任与承诺。从此，成长之树可以名正言顺地开展公益活动，资助人也能获得正规的捐赠凭证。正如汤老师所说："我们不再是'野生'的公益人群，而是在阳光下成长的规范公益组织。"

成长之树的"家"

成长之树成立初期，最现实的困扰就是没有固定的办公场所。作为坚持"每一分钱都用在孩子身上"的公益组织，根本无力承担场地租金。于是，会议和办公只能靠"化缘"——今天借用大树的公司会议室，明天辗转到另一个大树的学校办公室，后天可能就在咖啡馆的角落或马路边的石凳上讨论事情，大家员们笑称这是打一枪换一个地方的公益"游击战"。

转机出现在2014年。得知苏州公益园招募公益组织的消息后，团队立即整理材料参与遴选。经过严格的资质审核和项目答辩，成长之树终于在2014年4月1日正式入驻该园，结束了近两年的颠沛流离的日子。这个"流浪"太久的组织，终于听到了"家"的召唤。

这个只有一个工位的办公场所，带来的远不止一张桌子和一把椅子。入驻后，市民政局提供了系统的能力建设培训，从财务管理到项目设计，帮助团队快速规范化。2017年，在苏州市妇联的支持下，成长之树又入选"巾帼公益园"深度孵化计划，获得专业督导和资源对接。

有了"根据地"的成长之树开始稳步成长：招聘专职人员、完善档案管理、定期召开理事会。大树们都说："现在有了办公场所，终于找到有家可归的感觉了。"

从"好心人"到"好制度"

公益的初心或许始于仁善，但要让这份善意走得更远，不能仅靠"好心人"的热忱。成长之树完成了从"情感驱动"到"制度护航"的蜕变。

"做好事不难，难的是一辈子做好事。要做就要当事业来做，全身心投入去做。"第一次走访回来，汤永坚和徐声波下了决心，锚定15年公益之路。他们意识到光有全心投入的意愿远远不够，成长之树的组织发展还需要制度保障。

做公益远比做企业难得多。企业员工可以用金钱激励、行为可以通过考核制度来制约，但公益组织不可能有这些激励和约束机制。

成长之树需要建立怎样的制度来保障它的健康运行和长远发展？最终通过全体大树讨论选举产生了理事会和监事会。组织的最高权力属于全体出资者。苏州市成长之树公益助学中心设立了理事会、常务理事会和监事会。常务理事会是成长之树的决策机构，常务理事从理事中产生，理事从资助者和志愿者中产生。常务理事会讨论、决定各种重大事项，包括聘任工作小组组长、资金的流向、项目的遴选、管理基金的募集等。每个方案都由工作小组或理事提出，由"两会"（理事会和监事会）根据是否合规、符合政策方针投票决定。

在决策过程中，工作团队曾多次争得面红耳赤，例如，是否资助贫困大学生的问题，有人认为都是困难家庭的孩子，为什么不能资助呢？另一方认为大学生获得捐助的机会很多：来自政府的资助、学校的奖学金、针对大学生的公益机构等。几轮激烈的讨论之后，最终评估了自己的能力，认为现有的力量不足以支持这个项目，但可以把符合条件的学生"对接转介"，推荐给高校助学办或专业支持大学生的公益机构。

制度建设为组织成长保驾护航。随着成长之树的迅速发展，募集的资金数量、资助者和受助学生人数快速增长，不断完善的制度和严格的执行力起到了决定性的保障作用。

2023年，成长之树还增设了观察员制度，组建了来自不同领域的专家小组，确保成长之树拥有第三方专业的"防控"视角。

成长之树的"双系统"护航

从账目审计到资助抽查，从制度审查到流程核验，沉甸甸的监事会报告不仅是一份财务答卷，更是对"每一分善款都不辜负"的承诺的兑现。

如果说理事会是组织的发动机，那么监事会就是组织的制动系统。成长之树的制动系统功能非常强大，确保了组织平稳有序发展。成长之树的监事会职责是检查本组织的财务，对本组织的理事、工作小组组长有否违反法律、法规或章程的行为进行监督；当出现损害本组织利益时，要求其予以纠正。

每年10月监事会都要对成长之树进行一次"大考"。例如2019年10月，在徐声波监事长的带领下，成长之树的监事会对组织的财务情况进行了为期一周的监查，形成了一份详尽的"监事会报告"并在理事会上汇报。徐声波监事长素以严谨的工作态度，低调务实的工作作风在他所在的投资行业内广受赞誉，他主持的监查极具公信力。报告包括了财务审计，财务公开和财务实际抽查三个部分。通过这份审计报告，大树们详尽了解了2019年度组织的财务情况，对组织的财务公开制度非常满意。随机抽查七位学生的资助情况，除两位学生不再资助外，其余学生相关信息明确，情况属实，发放流程合规，学生均已签收确认。

深耕的力量足以改变一片土壤

十五年间有太多关于孩子们的动人故事，有些令人欣喜振奋，有些令人心痛惋惜。

但不管怎样，孩子是我们永远的牵挂。孩子的梦想、资助人的赤诚、志愿者的奉献汇成强大的爱的暖流。成长之树用15年的努力改变了许多孩子的命运，也改变了许多家庭的教育观念，甚至改变了资助地区的受教育水平。比如：贵州省赫章县，小学生辍学率从2013年的48%，降到了2019年的0.5%，辍学现象已基本消失。绝大部分家长认识到送孩子去学校上学是一件正确的事情。

成长之树另一个助学点——四川省甘孜藏族自治州石渠县，在我们多年的捐资助学过程中，当地藏民多多少少受到影响，越来越多的家长愿意把孩子送到学校去了。我们有理由相信，再过几年，石渠县的学生辍学率也会大幅下降。

资助款与玩具枪的纠结

在成长之树等待资助的名单里可以看到孩子们的学习和家庭情况，每个名字背后都有着不同的故事。有些大树（资助人）有自己的挑选偏好，比如喜欢资助成绩好、老师评价高的孩子，他们执着于未来可期。

然而，成长之树的理念是：不管学生学习成绩如何，只要家庭经济困难，就无条件给予资助。

在这里和大家分享一个故事：2015年我们走访贵州六盘水市水城县（现改名为水城区）时，有三名新增的受助学生需要实地走访。这三个孩子是三姐弟，当时年龄最大的姐姐读三年级，最小的弟弟读一年级。他们父母双亡，和七十多岁的爷爷相依为命。爷爷年事已高，身体有残疾腿脚不便，没有能力照顾他们，家庭的重担都落在读三年级的姐姐身上。三姐弟经常依靠邻里的帮助来解决他们的吃饭问题，孩子们说平时最高兴的就是村里有红白喜事，可以吃好的。

我们走进黑沉沉的小屋，高低不平的泥地，凌乱的卧室，发霉的棉被，快要倒塌的柜子，漏风漏雨的屋顶……看着这些，大家一言不发，心情都异常沉重。

临行前我们在路上巧遇三姐弟，姐姐手里拎着食物、糖果和给弟弟的玩具枪。显然，他们刚从集市上采购回来，用的是刚给他们的助学款。我们都很着急，钱来之不易，对他们的家庭而言更是弥足珍贵，怎么刚拿到就这么随意花了呢？我们试图和三姐弟交流，询问他们花费了多少钱，准备怎么处理剩下的钱。或许是我们的阵势吓到了孩子，大姐一直低着头一言不发，我们只好作罢。

当天晚上开复盘会的时候，汤老师说我们做得不对。他说，那么多大人围着三个孩子质问，而他们，只是和其他孩子一样，想吃一些喜欢的零食、买一直想要的玩具，终于有机会实现愿望了，该是多么高兴，对孩子而言这又有什么错呢？你们围着问，很可能对孩子造成伤害，以后这样的事不准发生！

如果你跟随成长之树去山区走访，看到孩子们上下学要走2小时至4小时山路，看到他们回家要帮忙务农、做家务、带弟弟妹妹，你不会再对他们的学习成绩有那么高的期待。如果你知道很多孩子在辍学的边缘，面临着早早嫁人或外出打工的境地，你不会要求他们必须品学兼优、德智体全面发展，而只是希望他们可以完成学业、哪怕只是在学校多待一年。

在公益这条路上，我们都在学习如何爱。当三姐弟用助学款买下人生第一把玩具枪时，我们应该懂得——真正的公益，不是修剪生命成为我们期待的模样，而是守护他们快乐地绽放。

笨拙的真诚满含温度

不挂横幅，不拍照片，只把现金背进山里。我们用最笨的办法，做最透明的事。

如果问成长之树最显眼的独特之处是什么，回答是纯真的善爱与拙朴的行动的完美结合。

成长之树财务公开，每一笔收入支出在网站上都是可以查到的。工作量非常大，但这也是资助人信任我们的原因。曾经有一位爱心人士连续关注了我们三年，他每年都会把我们的账目核算一遍，发现一分不差之后由衷地叹服，最终选择加入成长之树。

成长之树采用"一对一"长期资助的方式。这种方式的难度和工作量都要高于大部分公益组织的一次性捐赠。我们每年要通知资助人续款。在发放助学款过程中，如果出现某个孩子辍学了，我们会及时通知相应的资助人。资助人可以申请退回资助款，也可以改资助其他孩子。

发放资助款，成长之树选择了最笨拙的也是最可靠的办法——派专人把现金背到山区的学校里发放。而且每次发放都低调进行，尽量不打扰学校的教学和学生的学习。曾有受助学校的领导说，只有你们成长之树来学校从来就不让拉横幅搞欢迎场面，其实我们心里最欢迎的就是你们。是的，成长之树不搞形式主义，只做事。我们也尊重被资助者的隐私，保护他们的个人信息，不允许拿孩子们的照片做宣传。

每一次信息的更新，都是一次跨越山海的对话。在这里，孩子们的信息不再是冰冷的数字，而是连接爱意与关怀的桥梁。

成长之树的官网上，有一片属于孩子们的成长花园。在这里，资助人可以通过详细的信息记录，见证孩子们一年又一年的变化。从基本信息（住址、学校、年级、班级）到学习情况（孩子对自己的评价）；从学生照片（记录身高长相的变化）到家庭成员的变化（比如哥哥姐姐成家、亲人变故、新增弟弟妹妹等）。这些点滴细节不仅是判断家庭收入变动的依据，更是孩子们真实生活的缩影。

2019年，成长之树官网功能迎来了重要升级。过去，信息收集依赖老师和学生提供的纸质表格，一摞摞表格由十几个志愿者手工录入，工作量巨大且烦琐。而且资助人交上来的钱要匹配到每一个孩子，学生的学习情况也要匹配到每一个资助人，这里有大量细致的工作要做。如今，孩子们可以通过手机端自主填写信息（低年级的孩子由家长或老师代为填写），回答诸如"在家是否做家务""与老师同学的关系如何""你认为自己学习是否认真"等问题。这些问题的答案，不仅让信息收集更加真实高效，也让资助人能够更深入地了解孩子们的日常生活与内心世界。

每一次数据的更新，都是一次温暖的对话。当孩子们在手机端填写信息时，他们不仅在记录自己的生活，也在向远方的资助人传递一份真实的成长故事。这些故事，或许平凡，却充满温度，连接着山区与城市，连接着善意与希望。

栉风沐雨逆风生长的树

误解是善意的试金石，信念是公益的指南针。两岸猿声啼不住，轻舟已过万重山。助学事业在质疑声中坚定前行。

十五年的公益之路并非一帆风顺，质疑声如影随形，从未停歇。这些声音，有的源于误解，有的来自对公益的不了解，但每一句质疑都像一块试金石，考验着我们的初心与坚持。

有一年年会上，一位刚从贵州走访回来的伙伴分享说，贵州那边（受助地区）实在太穷了，即使把钱发错了也是对的。结果有人把这句话理解为成长之树的资助款是随便发放的。

有人来电话问，为什么一年过去了学生的身高变矮了？为什么签收单上学生的签名如此一致？事实上学生的身高体重都是老师大约估计的，难免会出现"今年比去年矮了"这类情况。签收单上的签字都是孩子自己填写，由于当地教学水平低下，很多一、二年级的孩子刚刚会书写自己的名字，于是那些歪七扭八的字迹看起来就非常接近了。

还有人看到成长之树不建议他们和孩子过多交流，认为这个做法有猫腻，质疑钱没有发放下去。事实上我们不建议资助人和孩子建立关系是有原因的，早期发生过孩子和资助人有信件往来的情况，然后有一个孩子说哥哥生病了，要借几千块钱。还有一个孩子初中毕业了，要求资助人帮忙找工作。跟学生一来一往就会产生感情，有了感情之后就很难处理好这样的关系，不利于公益事业持久开展。我们希望孩子能够感受到有人在帮助他们，等他们长大以后也不需要回报曾经帮助过他的人，而是回馈整个社会。孩子们现在也越来越理解，他们不需要知道谁在帮助自己，长大以后有能力了就去帮助别人，现在有些大学毕业的孩子也确实在这样做。

质疑有时也来自受资助群体，比如甘肃正宁县有家长举报资助的孩子里有老师的子女，志愿者回访后发现其中确有一位老师的孩子，但这个老师的家庭状况是符合成长之树资助条件的。但后来这所学校的校长仍然主动提出不要资助老师的孩子，把已经发放的助学款又收回来了。

成长之树内部也会有误解：2013年首次去贵州走访的五位成员之一Q先生，因为成长之树的捐赠收据无法抵税，于是把他们小组收上来的18000元助学款交给了某基金会。后来我们的工作人员去该基金会说明情况，讨要这笔款，他们当即把钱还给了成长之树。

现在回望这些经历，正是质疑让我们更加坚定地让每一笔账目透明，让每一项流程严谨执行。事实胜于雄辩，一清二白最能回应一个个疑问。

我们牢记，真正的爱的付出不仅需要热情，也需要坚定的信念和无畏的勇气。

当流量无征兆地退潮，爱意如何上岸？

2024年年初成长之树遇到一个比较大的困难，就是支付宝公益的规则调整。

我们在支付宝公益上有两个项目：一个是"一帮一"；另一个是"别让崽崽们再失学"。这两个项目都是平台给的流量，2023年"一帮一"筹款95万元；"别让崽崽们再失学"筹款143.4万元。2023年8月2日起支付宝"一帮一"整体下架，2023年12月1日项目推荐规则做了调整，成长之树的项目不在重点推荐范围。

成长之树是"一对一"长期资助的，也就是说去年资助的学生今年要继续资助的，这样就产生了140万元的缺口。那些日子汤老师整晚整晚地睡不着，想了很多办法，后来甚至想以自己的名义去借钱，也要把助学款发下去。

然而，我们的社会从来不乏爱心和善意。当我们把"有140万元缺口"的信息发布出去之后，令人感动的事情接踵而至。

2月的一天，一个跟随着成长之树十多年的资助人发微信给汤老师，说她有20万元可以用在孩子身上，并且强调是自己的私房钱，只能一次性的。当然，这个钱我们不能要，也没有要。

韦总是通过网络搜索到成长之树后计划出资10万元资助学生的。那天正好是3月份苏州地区的资助者线下活动日，我们就邀请他一起来参加。他完全被小伙伴们的真诚感动，第二天就决定在原来出资10万元的基础上增加了5万元，选了159个学生长期资助。并表示以后将拿出产品利润的5%来资助学生。

3月底，乔总参加了贵州的走访，走访回来后，对成长之树有了更深的了解。她说，她找到了真正能够托付的组织。她先后用三个账号资助了近200个学生。她说她要做一个兜底的人，因各种原因不再续费资助的都由她来兜底。

4月中旬，汤老师去石渠走访，途经兰州向怀玉师父交流遇到的困难。怀玉师父说成长之树需要设立一个稳定基金来应对"小年""灾年"和各种"意外"，并于5月3日汇了首笔稳定基金。

成长之树从不是爱的孤岛，在爱的海洋里，成长之树的航船劈波斩浪，闯过激流险滩，再大的风雨也能昂然微笑前行。

微光成炬：当平凡开始发光

15年的光阴见证了成长之树无数志愿者的付出，他们的无私奉献，照亮了成长之树的公益之路。

陈婷就是其中之一。2013年年初联系上石板村张自忠老师后，需要在当地找一名志愿者配合我们开展工作，帮助我们核实家庭情况、发放助学款等。当时，汤老师在QQ上找了好几个人聊，告诉他们我们需要这样一个志愿者，大部分人聊着聊着就没有下文了，只有陈婷愿意。

那时陈婷在贵阳上大学二年级，正运作一个捐冬衣群，为家乡的孩子募集冬衣。成长之树对当地志愿者的要求是很高的，因为如果我们去不了的话需要当地志愿者去走访核实家庭情况，发放资助款。通过两年的交流磨合，陈婷成了成长之树一名优秀的志愿者。

陈婷小时候也得到过别人的帮助，非常独立，非常要强。上大学的时候除了第一年用家里的钱，之后全靠做家教打小时工挣学费，还供妹妹陈欢上了大学。成为志愿者后，陈婷暑假要一家家走访成长之树资助的孩子。第一年我们给她寄了500元路费，过后她退回来340元。我们觉得很奇怪，这点钱都不一定够，怎么还会有钱退回来呢？陈婷说，她坐车不去车站，而是坐招手车，她告诉驾驶员要去做的事情，有时候驾驶员就不要她的钱了。当时她还是大学在校生，毕业之后她自己担负费用为成长之树做了很多工作。

夏吾先加是成长之树青海同仁的本地志愿者，是一名退休教师。2015年他接受第一次走访任务：去四川石渠走访。要知道完成这趟走访绝非易事，单程就需要两天两夜，跨越1300多公里。夏吾先加老师从同仁出发到西宁，再从西宁坐大巴到玉树，从玉树辗转到石渠，完成了成长之树在石渠地区的第一次走访，帮助成长之树了解当地孩子、家庭、经济、生活等真实情况，为之后助学项目的落地打下了坚实基础。

除了这次辗转千里的走访，十年时间里夏吾先加老师还遇到过不少挑战。有一次走访，某学校要求必须提供教育部门的证明材料才能进校，夏吾老师在门口徘徊了很久。正当往回走的时候，在路上远远看见了副县长。夏吾老师与副县长并不熟悉，只是在电视上见到过。他也不知哪儿来的勇气，直接上前一番解释说明，表达了成长之树在做的公益之事。副县长当场给教育局局长打了电话沟通协调，他的这次走访才得以顺利进行。

青海同仁地处高原，气候瞬息万变——前一刻还是烈日当空，下一刻就可能风雪交加。这里的山路崎岖险峻，有些路段仅容一辆摩托车勉强通过，一侧是陡峭的山壁，另一侧则是深不见底的山谷。就是在这样的环境下，夏吾先加老师坚持骑摩托车走访每一个需要帮助的孩子家庭。在一次走访途中，由于路面湿滑，他的摩托车失控跌落山谷。被救起时，他断了两根肋骨，浑身是伤，不得不住院治疗三个月。然而，伤痛并未让他退缩。出院后，他第一时间回到志愿者的岗位上，继续奔波在走访的山路上。这份执着，让同仁的助学工作从未因困难而中断。

在成长之树，像陈婷和夏吾先加这样的志愿者还有很多。他们或是乡村教师、退休职工，或是普通上班族，但无一例外，都在用自己的方式默默守护着山区的孩子们。正是这些平凡人的非凡坚持，正是志愿者们散发的光芒照耀，让成长之树的年轮不断扩展。

灵山之光

2017年，无锡灵山慈善基金会（以下简称：灵山基金会）的贾老师来到苏州，为50多家社会机构宣讲公募平台（联劝部）。在众多项目中，成长之树凭借"透明、公开、一对一、长期"的独特模式，获得了贾老师的高度认可。

贾老师不仅亲自到访成长之树，还指导我们在筹备线上项目（公募平台）时如何选照片、写文案等，更好地展示项目的价值与意义。令人感动的是，这一切支持都是无偿的——灵山基金会没有收取任何管理费用，只为让更多孩子获得帮助。

在贾老师的帮助下，成长之树顺利参与了腾讯公益与支付宝平台的项目。这不仅为我们打开了互联网筹款的大门，也让更多人了解到成长之树的理念与成果。在2023年，成长之树通过互联网筹款近300万元。

灵山基金会对成长之树的大力支持还体现在：申请款项的程序简单、批复周期短、速度快。每年还组织多家公益机构之间的经验交流与公益行业专业培训。成长之树在慈善法的研习方面做得并不够，每当发现我们有可能存在风险时，灵山基金会的老师们总会及时地提醒，敦促我们整改，并组织我们讨论《慈善法》，一次次用专业与耐心为成长之树指引方向。

2024年，成长之树与灵山基金会的关系发生化学反应：经过多番讨论，最后成长之树形成共识,确定与灵山基金会合作,从2024年9月起收款单位从成长之树变更为灵山基金会。未来将由灵山基金会收款,成长之树落地执行。

老树发新枝:百年基金会雪中送炭

当互联网募捐的潮水退去,2024年成长之树面临着140万元的资金缺口。团队抱着试一试的心态,联系了弘化社。我们向弘化社的宋老师寻求支持,出乎意料的是,宋老师在听完陈述后当即表示愿意支持成长之树。

三天后,弘化社专项小组对成长之树从财务流程到助学模式,从志愿者管理到项目评估进行了充分了解。表示愿意打破常规,给予了60万元的支持。"你们这种把钱直接送到孩子手上的'笨'办法,正是现在公益行业最缺的诚信。"这笔超出常规的资助,确保了石渠县当年750多名学生资助款的按时发放。

同样给予过成长之树帮助的还有合和文化基金会。2023年他们参与了成长之树99公益活动,所筹资助款用于资助贵州赫章县的25个孩子。2024年他们再次以参与99公益的方式筹款资助了四川石渠县的38个孩子。

根系交织:公益组织的养分传递

成长之树不仅受到来自公益行业伙伴们的支援,还为其他同行提供帮助。随着成长之树的影响力越来越大、行业口碑越来越好,很多公益机构会找上门来寻求帮助。

2023年10月的某一天,成长之树办公室有人敲门。一位背着旅行包的中年男子登门拜访成长之树。后来得知他叫刘时升,是湖北省麻城市绿舟志愿服务队的负责人,在当地资助着80位学生。因为遇到筹款挑战,想寻求成长之树的帮助。当年春节,汤老师一行人来到了革命老区麻城,挨家挨户地走访了80个学生家庭,确认那里的孩子都符合成长之树的资助标准,立即将所有孩子都纳入成长之树助学体系。走访过程中还发现有两个家庭急需帮助,当月我们通过设立专项基金解决了他们的家庭困难。刘老师所在的绿舟机构也因此成为成长之树在当地的合作伙伴，负责后续的项目执行。

2023年9月，香巴拉公益的创始人陈慧老师找到成长之树，提出希望可以帮忙资助3位云南支教老师的需求。

2024年4月，来自甘肃省甘南藏族自治州迭部县的育林爱心机构，找到成长之树希望可以资助他们的40位学生。

同年12月，河南信阳的祥和社工服务中心的周俊锋老师也来向成长之树求助，希望可以资助20位光山的学生。

成长之树通过实地走访，以上所有孩子和老师全部纳入资助范围，并为其中有需要的7个孩子建立了专项资助基金。

从马甲袋到书包的蜕变

2011年，成长之树第一次将资助从"助学款"拓展到"实物捐赠"，这源于汤老师的一次细致观察。在江西上模乡发放助学款时，他发现孩子们的书包大多是皱巴巴的马甲袋，里面装着几本书和铅笔。这些磨损的塑料袋，在山区孩子的肩头晃荡，成了最刺眼的"贫困印记"。

"至少该让他们有个像样的书包。"这个念头促使汤老师联系了生产箱包的企业老总任国飞（成长之树的发起人之一）。一场简单的对话，让爱心行动迅速放大——任总原本打算捐赠18个书包，但听到当地情况后，当即决定："六一儿童节快到了，给每个孩子都送一份礼物吧。"第二天，600个崭新书包便整装待发，通过邮政快递送往山区。这份高效与务实，恰如任总给人的印象：行动永远比口号响亮。

随着这次书包捐赠行动的开展，成长之树开辟了助学新模式——专项资助项目。随着走访的深入，团队发现贫困生的需求远不止书包：磨破的球鞋、单薄的校服、匮乏的教具……于是，运动鞋项目、校服计划、教学基金相继诞生。之后，成长之树还举办了山区与城市学校对接的"同步教学"项目；为50位山区老师提供了一期专业的心理培训等。每一个专项，都源于真实的需求；每一次行动，都是雪中送炭。

根系延展：志愿服务星光璀璨

2024年，成长之树迈出了重要的一步——成立志愿者服务部。我们会聚了来自各行各业的资助人：律师为企业和家庭提供法律咨询；心理咨询师为伙伴们提供情绪疏导；教育专家为有需要的父母提供辅导培训……这些专业力量的加入，让成长之树的服务与会员活动变得愈加丰富。

2024年6月第一次志愿者服务大会在苏州召开，来自苏州、上海、昆山、无锡、常州等地的志愿者们欢聚一堂，标志着这一新举措的正式落地。会上，首批七个志愿者服务队一一展现风采——心花怒放心理咨询队、走访雏鹰爱之队、德益行法律支援队、俱足综合志愿者服务队、星悦读书会、怀玉环保小分队、成长之树运动队。

从资助学生到志愿者团队服务，成长之树始终在自我突破的路上前行。我们相信，团队自我建设必将使得成长之树大家庭更加具有活力，助学事业必将得到促进和提升。

从十八颗星子到一片银河：科技浇灌公益森林

十五年前，成长之树以最朴素的方式起航——18个孩子，18份手写档案。现在我们已经成为全国唯一一家一对一长期（从小学一年级到高中三年级）资助与跟踪孩子的机构，拥有自己的助学平台/操作系统。一路走来有许多伙伴的努力与无私付出。

成长之树用科技高效解决了信息的真实性，回答了资助人关心的三个最朴素的问题：资助对象是否真实；钱去了哪里；资助带来的变化。这三个问题，是每个资助人心底的牵挂，也是公益行业最基础的信任基石。成长之树的助学平台，用数字化的方式给出了答案：每一份档案都经过实地走访与多重核验；每一笔资金流向都清晰可查；每一名孩子的成长轨迹都被完整记录。

资助者总是希望可以持续资助孩子并看到他们变化的，但很多机构不具备自建信息平台的能力。成长之树的下一个心愿，是将助学平台开放给全国民间助学机构。通过科技共享，帮助更多机构提高效率、建立信任，让资助人在选择时不再犹豫，让孩子们获得更稳定的长期支持，让每一份善意都能找到最合适的土壤。期待有一天，在我们的平台上建立起助学方向的公益生态。让公益事业的棵棵大树生长成大森林。

生长的年轮：星辰大海的公益征程

2024年6月13日。那天是苏州市"优秀慈善项目"答辩的日子，成长之树在胡跃忠会长（市民政局前副局长，现担任苏州市社会组织总会会长）的鼓励下，也申报了相关材料。

之前，2024年5月11日，市民政局社会组织管理处高云处长曾建议我们，2025年直接申请5A级社会组织。她是深入了解成长之树后，才对成长之树有了这样的认识。

更早的三四年前，时任市民政局社会组织管理处处长的王林兴，在一次座谈会上公开表扬成长之树，说成长之树就是响应党的号召，"精准扶贫""共同富裕"。"如果苏州有十个成长之树，全国就有十万名学生受益，全省有一百个成长之树，全国就有一百万名学生受益。"

凡是深入了解成长之树的机关工作人员，对成长之树都给予了充分肯定。

目前，成长之树正迈入新的发展阶段——积极筹备申请5A级社会组织评估。这一重要举措标志着机构在规范化、专业化建设上又向前迈进了一大步。

在组织建设方面，成长之树近期成立了党支部和妇联组织，进一步强化了党建引领和妇女工作。2025年3月，机构成功召开了第一次妇女大会，选举产生了第一届妇联执委会。这些组织架构的完善，不仅为机构发展提供了更坚实的制度保障，也展现了成长之树不断进取、不停成长的精神和力量。

与此同时，成长之树持续优化内部治理结构，完善各项规章制度，加强人才队伍建设。这一系列举措都将助力机构在未来更好地服务受助群体，为实现"不再有因贫困而失学的孩子"的远大目标铺路搭桥。

树在成长，爱一直在路上

十五年，一棵幼苗已然挺拔成树。而十五年的"成长之树"，在无数普通人以信任与执着编织而成的爱的天空下，早已郁郁葱葱，成林成势。在那里，大树小树一同生长；在那片林间，爱与爱的交汇，便是最温暖的阳光与最甘甜的雨露。

我们无法改变整个世界，但我们可以为一个个孩子点亮一盏灯，照亮他们前行的路，也照亮我们自己的内心。

无论未来走得多远，我们都要始终坚守那颗"不图名、不图利、无私奉献"的初心。我们感恩，是孩子们给予了我们表达爱的机会。

我们要怀抱一种"公益乐观主义"的精神——做慈善，是一种浪漫，是"赠人玫瑰，手有余香"的幸福感；同时，也要坚守"公益现实主义"的清醒——公益之路并不总是鲜花铺就，我们要做好迎难而上的准备，在沟壑前搭桥，在山峰前开路。

我们更要做"公益的辩证唯物主义者"，既量力而行，又尽力而为。成长之树，虽已枝繁叶茂，但天高地阔，星辰大海，我们仍在路上。成为参天大树，不是终点，而是起点——因为我们的根在大地，爱在心中，而爱，正在延续，也将永恒。

穿越迷雾　种下希望

[加拿大] 米家辰 / 译：佳蔚

大雾笼罩着群山，看不清前方的路，雾的前方仍是雾，山的那边还是山。当我们的车穿行在刺破云层的常青树之间时，汤老师讲起了14岁新娘的故事。

挫　败

挫败是我刚到贵州时最强烈的感受。我们行驶的这条路，是那些在雾中长大的孩子们每天上学的必经之路。他们走了又走，日复一日，年复一年，直到有一天不得不停下求学的脚步——不是去帮家里干活，就是要成家立业。他们大多数人没有完成基本的义务教育，身体瘦弱，或因父亲酗酒、母亲生病等原因，这些孩子很难离开大山出去谋生。他们被困在这片贫瘠的土地上，种着长不出多少收成的地，一代又一代地重复着父辈的宿命，困在命运的齿轮中。

我们总喜欢把悲剧归因于某些具体的事上，仿佛有了可以怨恨的对象，心里就好受些。车在盘山路上来回穿行，我脑中思绪翻滚，却找不到任何可以归咎的对象，内心的愤怒和无奈交织。愤怒于苦难的存在竟然不需要理由，无奈于做了那么多努力，也无法改变结局。

悲 伤

这一路，我们走过许多村镇，把一个又一个粉色信封交到受助家庭手中，但有一些信封没能被送出去，其中一封就是为那个14岁就被迫结婚的女孩准备的。汤老师说，第一次来这里时，就是她主动跑来搭话，毫不胆怯。她有种吸引人的力量，大家都喜欢她。女孩的命运带给我们深深的无力感，还有说不尽的悲伤。

希 望

旅程接近尾声，我们走访了名单上的所有学校，还是无法放下对女孩的牵挂，终于我们的车停在一座山的山顶。雾渐渐散去，天空湛蓝清透。远处，一条泥土路蜿蜒而下，通向一片绿色田野。一位老人正在田里劳作，身边是几只黑山羊。

我们跟着汤老师来到一栋灰色的房子，旁边有一小块菜园。我们敲了敲门，却没有人回应。正当我们准备离开时，一位妇人从屋前路过。汤老师抱着最后一丝希望问她女孩的消息。她说听说那女孩和丈夫一起去城市里打工了，但没有她的电话，也不知道地址。

希望她会在城市中找到更好的生活。希望这些年成长之树的支持会给她尝试追梦的勇气。成长之树的帮助不一定能改变每一个孩子的命运，但它带来的每一顿饱饭、每一件保暖的衣物、每一段额外的学习时间，都并非毫无意义。也许我们应该真诚地、坚定地继续前行，不再去思考结果。

2018 年 4 月

卖头发的女孩

汤永坚

你们一定听过《卖火柴的小女孩》的故事吧，那是安徒生写的童话。那，如果问你们是否听过卖头发的小女孩的故事，相信你们都会摇头的。

大概三四十年前，我家那一带很多女孩都卖过头发。其中一个是我表姐，她从小就留着头发，后来快出嫁了，把大辫子剪掉卖了。

没想到的是，三四十年前见过的事情，今天在江西、在贵州的贫困山区还在发生。

我们先来认识第一位卖头发的女孩——万同学。万同学，今年9月份升初二，家住江西省抚州市东乡区小璜镇珊壁村。我们是去年4月6日去走访的。万同学所谓的"家"是两间破烂不堪的草木屋，四壁透风，外墙拿几根木棍支撑着，要不然就会倒下来。这个"家"竟遮风挡雨都谈不上，屋外下雨，屋内漏雨，屋外泥泞，屋内潮寒。

万同学出生后35天，父亲在石场因塌方意外死亡，尸骨未寒，母亲即离家出走，至今无任何音讯。她由年迈的爷爷、奶奶抚养。其间，爷爷因高血压中风卧病多年，于2012年12月去世，并欠下4万多元债务。

万同学的学习成绩非常好，小升初的时候，获全校第一名。后来因为成绩突出，转到当地最好的实验中学上学。她的字也写得非常好，书法经常在县里获奖。

我们到她家的时候，她不在家，是邻居把她叫回来的。出现在我们眼前的不是照片里长发飘飘的女孩，而是齐平短发的男孩形象。我问："怎么剃了个男孩头？"她说："春节后剪掉卖钱了。"我心里一惊，继续追问，她说："奶奶帮我买了个新书包。"

万同学中考的成绩完全可以上当地的重点高中，为了鼓励她去读高中，我们还单独为她设立了专项基金，一年一万元。但最终她还是选择了五年制的委培幼儿师范，因为读高中要学费，读师范免学费。

接下来，我们来认识第二位卖头发的女孩——曹同学。曹同学今年9月份升三年级，家住贵州省赫章县兴发乡小海村。我们去年3月份和今年3月份都去走访过。她有两个哥哥，一个姐姐。姐姐被周玉阳老师带去江西省九江上学了，今年9月份读初二。在石板村，女孩一般十三四岁就要结婚出嫁了。同事问她姐，如果没有学上了，有人给你说亲怎么办？她姐说："虽然比她年纪小的都出嫁了，但我不会同意的，我要读书！"说得非常坚定。她姐的这个回答深深地影响着我，也深深地影响着成长之树。

虽然衣服破旧，脏兮兮的，但依然掩饰不了曹同学是一个漂亮、可爱的女孩，两个眼睛水灵灵的会说话，一头长发。难怪我们监事长说，这个孩子如果长在城市里，谁说长大了不就是第二个"章子怡"？我们给曹同学起了好听的名字，叫"草莓"。

今年3月份去的时候，发现"草莓"戴着个帽子。天很热，我就试着帮她把帽子脱了，可她死死地捂住帽子不肯脱。我就很纳闷。边上的同学说，她刚把头发剪了卖钱了。当地女孩卖掉头发一般都用来补贴家用。原来"草莓"是害羞。

当面对要卖掉头发来买书包的孩子，面对要卖掉头发补贴家用的孩子，我们成长之树除了选择帮助，别无选择！我想告诉孩子们，请留住你那美丽的头发，书包我们来买！

2016 年 3 月

可喜的是多年后，万同学已经从幼师毕业，定向分配到镇上幼儿园当老师。不断追寻梦想的她还考上了江苏师范大学（徐州）非全日制研究生。

一束光照亮我的世界

万玉娇

　　忆起与成长之树的情缘，还要追溯到2013年我读六年级的时候。那时我刚卖掉长发不久，正在同村的朋友家玩，只听有人唤我名字，靠近才得知有"老师"来我家看我啦。我当时既高兴又震惊。高兴是因为居然有老师来我家看我，震惊是因为从我上学以来，虽然老师们都对我很好，但是来我家的老师一个也没有。于是我怀着忐忑的心情回到了家，映入眼帘的是一张张笑脸，如冬日和煦的阳光，温暖如春。那是纯粹的、真诚的、洁白无瑕的，与我之前所看到的冷漠、鄙夷、轻蔑的是不同的。汤老师会摸摸我的头，拍拍我的肩，关切地询问我家的生活情况。那一次，也是我第一次感受到了来自家人之外的关心。我还记得有一个阿姨夸我眼眸中有光，以后肯定会发展得很好。

　　现在想来，我能成为现在的我，这句话作用极大。从小奶奶给我的教育都是："咱们家的条件，村里没几个人会看得起我们，所以要事事学会谦让。"但是那天，我得到了肯定，不多见的肯定。这像心理学中的期待效应（也称皮格马利翁效应，指一个人对另一个人的期望会成为自我实现的预言）应验。

　　自从那一次与成长之树初见后，每年春节后不久，成长之树都会给我送来资助金和爱心礼物。有一个礼物我至今印象深刻，它陪我度过了一个又一个漫长的寒冬，直到最后我都舍不得丢弃它，它就是一双冬季棉靴。在此之前，我没穿过靴子。第一眼看到这个靴子的外形就觉得奇特，渴望穿上它；看到里面厚厚的绒，觉得那一定温暖极了，上晚自习再也不怕冻脚啦。后面它确实陪伴了我很多年，最后也是因为破损的实在穿不了了才扔掉的。

考上师范后，成长之树也继续资助我，当时是张姐姐一直与我保持联系。在2020年疫情肆虐时，我们有幸见上了第二面。汤老师与一群哥哥姐姐们舟车劳顿，来到了我的学校看我，虽然时隔多年，但依旧是熟悉的感觉，亲切，温和，如晨曦般清新，让人感到充满希望。

第三次见面是2023年的暑假，彼时我已经工作两年啦。说来也巧，工作的单位是我小学母校，也是我与成长之树缘起之处。这年暑假，我有幸应汤老师之邀来到苏州参加"爱在仲夏"的活动，才真正了解成长之树是个什么样的组织。灯火璀璨高楼林立的城市与昏暗宁静的乡村像是两个完全不同的世界。但在这一刻，正是爱将它们连接起来了。我深深感慨，我们这类人，并没有被社会遗忘，在遥远的另一端还有这么一群人，正在无私地关爱着我们。

活动之余，陈尘姐姐还带我去逛了逛课本里的苏州园林，去了历史文化名街平江路，吃了特色的苏州美食。她人极好，体贴入微。总是时刻关心着我的状态，怕我不自在，不习惯。由于文笔的匮乏，诸多情感只能汇聚成一句单薄的"感谢"！今年暑假比较可惜，汤老师和成长之树的哥哥姐姐们难得再来一趟江西，我却因为学业的事情错过了。下次再来，我一定尽地主之谊。

成长之树，像来自外界的一道光，照进了江西的这座小乡镇，照亮了我的生活。我始终认为成长之树于我影响最深的，不是物质金钱，是播种希望的种子，散发爱的温暖！

查加笔记：原始部落秘境寻踪

汤永坚

汽车在海拔4500米的高原上颠簸，手机信号格彻底消失的那一刻，我知道正在接近查加，这里至今仍然保留着古老的习俗。查加位于四川甘孜州石渠县，在离县城一百多公里的长须贡马乡境内，尽管它早已被划为了一个行政村，人们还是习惯称它为部落。同行的降拥拉姆校长不断复述着听来的传说：藏袍里不穿内衣的习俗、为避仇杀举族迁徙的历史、需要骑马穿越的巨石阵……四间破旧的平房终于出现在视野，查加村小门口的牌子已斑驳陆离，隐约还能看清学校的名称。

小学里的"大"学生

查加村小只有一年级和二年级，总共72名学生，4位老师。上三年级就要到一个小时车程远的温波小学。嘎玛校长告诉我，新的校舍正在建设，预计明年能够投入使用。查加村现在有121户村民，人口656人，有100多个学龄儿童没有上学。我听到这个数字并不吃惊，因为走访的另外一个村里，也有78个学龄儿童没有上学。

坐在教室后排的三个大个子特别显眼。巴吉20岁，西琼17岁，郭西16岁。我问巴吉，要去温波读三年级吗？她说要的，目光坚定而自信。

这些大龄的小学生还有许多，他们都是部落下山后才抓住读书机会的"幸运儿"。

世界的那头

午饭是一碗泡面。下午走访路边的两户人家。

西洛家有兄弟四个，西洛在读二年级，两个弟弟读一年级，还有一个弟弟未到学龄。西洛的父母离婚后，父亲再婚，母亲出家去色达当了尼姑。四个孩子由爷爷、奶奶抚养，今年爷爷60岁，奶奶75岁。我们带了一些玩具给孩子们，他们在破旧的沙发上玩得不亦乐乎。这里晚上的温度会降到零下，爷爷却光着脚，舍不得买双袜子。我问爷爷山上好还是山下好，爷爷说，山上好，饿了可以挤牛奶喝。

西洛家往上走一点点路是另外一家。女主人接待了我们，她31岁时从山上下来，今年40岁了。她先后生了八个孩子，大女儿四郎拉姆今年六年级，要升初中了，四个孩子在读小学，最小的三个在家。我们进屋的时候，一个孩子正在地上酣睡，脏兮兮的小脚没穿袜子，腰里还绑着一根绳。妈妈说，孩子今年三岁，不会走路，只会爬，拿绳子绑着是防止他到处乱爬。在另外一间房的地上，还有一个一岁的小孩，睡在一堆脏乱不堪的棉絮里。这家的收入主要靠父亲夏季去山上挖虫草。我离开的时候，看到门口的一块石头上正晒着一个尿不湿，生活的窘迫可见一斑。

十五年与1650元

家在县城的嘎玛校长是2005年被派来办学的，那时政府刚刚动员藏民下山。他第一次来的时候，路还没有修通，他骑了八个小时的摩托车到东区，再骑了八个小时的马才到查加。这位每月工资1650元的民办教师，用十五年时间在这片文化荒原上建起了第一所小学。新建的校舍地基已经打好，但更艰巨的是如何改变当地人"读书不如挖虫草"的观念。

未及返回就想好的资助计划

离开查加的时候，我的心情格外沉重。

回苏州的路上，一套资助方案正在我的脑海里形成，要募集一些生活物资，还要调整一下明年的助学计划，查加村在读的孩子全部都要资助，嘎玛校长也要纳入资助名单……

2020 年 8 月

深渊里急需一束光

汤永坚

在成长之树的这几年，走访的地方多了，很多时候也就见怪不怪，难怪有人说这几年汤老师的心越来越"硬"了。可走进林同学家，我这颗"硬"了的心还是彻底碎了。这真是一个堕入深渊的家。

林同学在读九年级，家中一共5口人，爸爸妈妈、一个哥哥和一个妹妹。哥哥20岁出头，妹妹10岁不到，都患有先天性佝偻病，常年卧床，父亲一个人外出打工挣全家生活费，母亲只能全职在家照顾孩子。

走进林同学家的时候，我看到哥哥躺在客厅里的小床上，个子蛮高的，因为常年只能卧床，肌肉萎缩，牙齿掉的只剩两三个，瘦得皮包骨，几乎没有了人形。当他看见有人来，似乎有点兴奋，头一挺一挺的，嘴里发出"嗷嗷"的声音，像是跟我们打招呼。林妈妈在旁边木讷地附和着。

我查了一下佝偻病，这是一种染色体隐性遗传性疾病，常见于儿童，病儿通常在出生后12周即出现症状，该病有严重肌无力并伴有抽搐。患儿多在1周岁左右开始出现骨病变，"O"型腿常为引起注意的最早症状。严重的儿童在6周岁左右表现为骨骼畸形、侏儒症、剧烈骨痛，有些病人可因骨骼疼痛及至不能行走。更严重者会发生骨折及生长发育停滞，有的早期出现牙齿病变，如牙折断、磨损、脱落、釉质过少等。症状较轻的得了佝偻病还能行走，像林同学的哥哥和妹妹这样无法站立的，应该是比较严重的一类了。

我问同行的镇政府工作人员，像这种家庭情况政府部门了解情况吗？工作人员表示不清楚。我问林妈妈怎么不向民政部门求救，她摇摇头，表示不知道怎么弄。生活的苦难把林妈妈折磨得几乎麻木了，在跟她交流的整个过程中，没有任何表情，看得出来她对未来几乎没有信心。

再走进里屋，只见妹妹也躺在床上，跟外面的哥哥一个样子。此刻，我的心彻底碎了。

"上天为你关了一扇门，总会为你打开一扇窗"，林同学健康活泼、聪明伶俐给家里带来一丝丝安慰。班主任这样评价林同学：平日里该生学习认真，关心集体，团结同学，尊敬师长，乐于助人，生活节俭，深获老师和同学好评。成绩优异，上学期期末考试，在全年级500多名学生中排名第26。

写到这里，我觉得自己有点语无伦次了，但有一点非常明确：这如入深渊般的生活急需一束光，来温暖这个家，而我们成长之树愿意做这束光，我们会一直守护林同学的成长！

2023 年 9 月

走访杂记

汤永坚

这次青海班玛、四川石渠之行，我遇到了"难以理解"的善良，遇到了只在书本电视里见过的高原反应，见到了令人惊讶的"学以不致用"，还有足可以"感动中国"的令我牵挂的查加村小的嘎玛校长，以及需要当地干部"彻查"的光脚男孩。这一幕幕的场景在我的心头萦绕，犹如过电影一般告诉我：或许，我们和他们做的这些事情不需要"感动中国"，只需要让需要的人感受到爱就已经足够了。

善 良

藏民的善良是出了名的，这次我又领教了一番。

说这里是老鼠的天堂，一点也不为过。我们的车子开在乡间的小道上，两旁的草地里老鼠洞随处可见，老鼠们自由地跑来跑去如入无人之境。偶尔也会有老鼠横穿马路，这时，随行的司机就不得不放慢车速，有时甚至干脆停下来让行。就算这样，也会发生意外，把老鼠压死了，于是司机会不断地自责，口中默念"阿弥陀佛阿弥陀佛"。

挖人参果是当地藏民的收入来源之一。挖人参果有两种方法，一种是直接在草地上刨，一个人一天大概能挖一斤，市场价六十元一斤。另一种方法就是找老鼠洞，这种洞很特别，也很好找。找到这样的一个洞，挖出来的人参果就可能有一百多斤，这是老鼠储备的"粮食"。动了老鼠的"粮食"，老鼠就没得吃了，这是藏民的思维，于是他们常常放弃这条挣大钱的捷径。

高 反

进入高原，每个人或多或少都会有高原反应，有的人症状表现强烈些，有的人症状表现温和些。常见的有头痛头晕、气短、心悸、恶心、呕吐、食欲减退、疲倦乏力、胸闷痛、眩晕眼花、腹胀、腹泻、抽搐、手足麻木等。每次去石渠走访都有三分之一的人坚持不住，提前撤回玉树，这次也不例外。我总结了几条抵御高反的良策：一是坚定信心，这点特别重要，如果你害怕它，它就会真的找上门来；二是要休息好，在石渠晚上是睡不好的，一般只能睡两三个小时，但是记住，闭目养神也是休息；三是吃好，一定要吃，吃不下也要吃，只有营养跟上了才能抵御高反；四是要静，不要激动，不要兴奋，走路不要急。一般到了石渠两三天之后，就会渐渐适应了。

惊 讶

一大早，就听到孩子们的琅琅书声。每个班级的同学站成一排，有一个同学在领读，其他的学生跟读。有读藏文的，有读汉文的，有读思政的，还有读数学的。我很好奇，数学怎么读？原来他们在背数学公式：$a(b+c)=ab+ac$；$a+b-c=a+(b-c)$；$a-b-c=a-(b+c)$。听起来背得很熟。上课后，我们跟华托校长提出想去班级看看学生的上课情况，校长于是便带着我们走进了四年级1班，正好是刚刚背数学公式的班级，正好也是上数学课。我们想着公式背得滚瓜烂熟，总能"学以致用"吧。老师在黑板上出了几道练习题，$99+25=?$ $27+85+73+15=?$ 令人惊讶的是大多数学生不会简便运算。看来，这就是所谓的"小和尚念经——有口无心"吧！

牵挂的人

如果你问我在石渠县最牵挂谁，我一定会告诉你，他是查加村小的嘎玛校长。18年前，他一个人来到查加村办学校，那时还没有路。他骑摩托车走了11个小时，又骑马用了两天时间才到了查加村。他在查加村一待就是18年。

其间来了很多老师，但是待不了多久都调走了。他也有多次回县城的机会，但每次村民都恳请挽留。同行的周锦梅说，嘎玛校长的事迹绝对可以上"感动中国年度人物"。看着其他的老师来来去去，他很无奈。于是，去年他跟教育局申请，把他妹妹"弄"过来了。之所以说"弄"，其实根本就无须调动，他妹妹就是一个普通的读了几年书的牧民。我问他妹妹，来这里心甘情愿吗？她说，怎么办？哥哥在这里只能天天吃泡面，把胃都吃坏了。她来了总能给他做点饭吃，还能帮助洗洗衣服，搞搞卫生。这次来查加也听到了一个好消息，就是嘎玛校长有女朋友了。哈哈，过段时间，嘎玛校长会不会把女朋友也"弄"来。

光着脚的男孩

3月底的一天，天很冷，白天还下着雪。上午我们去更桑同学家走访。更桑领着我们七拐八拐在一排平房前停了下来，他指着平房边上一间房间说："这是我家。"

这是一间临时搭建的铁皮房，四面透风，门都关不上。听更桑的妈妈说，这是租来的，一年600元。这个称之为家的地方，可以用三个字来形容，"脏""乱""差"。家里很小，我们只能站着跟更桑妈妈聊聊家常。更桑在藏文学校读七年级，更桑有一个弟弟和一个妹妹在上小学，还有两个更小的弟弟待在家里。跟当地的很多家庭一样，他们家是没有爸爸的。说话间跑进来一个小男孩，个子不高，穿得很单薄，脸脏兮兮的，两只小手黑乎乎的，竟然光着脚，脚上全是泥巴。这么冷的天，这个没穿鞋子的小男孩让我们心疼不已。我说有没有鞋给他穿上，更桑找了半天也没找到，后来从邻居那里总算找到了一双。中午吃饭的时候聊起这件事，当地的干部坚决不信，说脱贫了不可能有这种事发生，还说要去"彻查"。

2023 年 3 月

河流知道答案

汤永坚

　　走访结束离开石渠那天，我们住在玉树香德尼玛大酒店，前台服务员是一位藏族姑娘。当我们走进大堂时，她热情地打招呼问好；我们在沙发上坐下来等人，她给每个人都端上一杯热水；问及哪里有火锅吃，她不厌其烦地推荐了好几个地方供我们选择。第二天早上我们退房需要开发票，把开票资料提供给她。她的眼睛里突然放出了光，她说她知道成长之树，她曾经是被成长之树资助的小树。

　　她叫多杰措姆，单亲家庭，妈妈有心脏病，家里还有一个弟弟。2016年她在石渠县色须镇日扎村小上三年级的时候得到成长之树的资助。小学毕业后她去了县城读书与成长之树失去联系，初中没毕业就因为家庭经济原因辍学了。

　　在和多杰措姆交谈中，她反复表达虽然没有读完初中，辜负了成长之树叔叔阿姨们的期望，但是心里一直记着成长之树。如果没有成长之树，她不可能有机会来到玉树工作。是啊，有点遗憾，但是毕竟小学毕业有了一点文化，才能"走了出来"。

　　此刻，我想起另一个被春风吻过的少年。祝兴亮同学读高中时给成长之树写过一封信。信里说，他读初中时父亲整天酗酒度日，他也无心读书，因为即使考上了高中，家里的经济状况也无法支持。自从获得了成长之树的资助，他重拾了信心，看到了希望，开始拼命学习，终于考上了高中。一向嗜酒如命的父亲也渐渐地戒酒，家庭也变得和睦了，这是他万万没想到的。信中还说，如果没有成长之树的帮助，也许他现在只是一名打工仔。他立志以后要像成长之树的"大树"们一样去帮助需要帮助的人。后来祝同学考取了西北民族大学，毕业后做了一名村干部。

为了筹备第三届公益拍卖，前两天约了昆山几个艺术家商量这个事儿，我想请我一个高中同学一起参加。电话里对方说："快六十岁的人，现在要做减法。老同学么可以聚聚，新的朋友一个也不想认识。"

我是一个普通人，做成长之树这十五年来总有一些不顺心的事，比如感到特别劳累的时候，跟工作团队产生分歧的时候，主管部门不理解的时候，再比如听到老同学的"减法论"，每每也会生出"就此作罢"的念头。我也曾不止一次地扪心自问：你在干吗，每天忙东忙西，那些孩子与你有什么关系，值得这样劳神费力不拿分文地去操心吗？但看到孩子们的成长，低落的情绪就慢慢地被化解了。

若是有人对我如此热衷于公益的行为表示不解，想问一个为什么。也许，这就是我多年来不断坚持的理由吧。

曾经在石渠草原遇见迁徙的藏羚羊。母羊永远走在羊群最外侧，用身躯划出生命的结界。那一刻我突然明白，所谓"公益人"不过是率先蹚过冰河的领路者，用体温融化出可供幼崽通行的轨迹。就像多杰措姆铜壶里永远沸腾的善意，像祝兴亮驻村日记里沙棘苗扎下的第一缕根须，那些曾被风雪压弯的嫩枝，终将在某天长成另一群生命的荫庇。

十五载春秋花开花落，成长之树的根系早已穿透时光岩层。你若问河流为何奔腾不息，请看那些顺流而下的种子如何在新岸抽芽，看每片浸润过悲欢的落叶都在酝酿下一场春汛。我们不是渡船，而是河流本身——当万千细流穿越荒原相拥汇入沧海，最先出发的那滴水，早已在某个孩子的瞳孔里望见星辰的倒影，并在大海的怀抱中获得永生。

石板之行：当贫困击穿想象

王 华

出发去贵州走访前，我已经脑补了石板村的贫困状况。直到车在悬崖边的小路颠簸了五个小时，直到我看见石板村条件较好的人家——那个没有灶台、没有家具，连电灯都没有的"家"，我才明白自己过去理解的"贫困"二字有多么苍白。

跳蚤的盛宴

第一晚借宿在村民家，用自带的手电照见那张看不出本色的沙发，我和同行的朋友各睡一头。同行的孩子们睡在"床"上——如果那堆发霉的棉絮也能称之为床的话。那晚是跳蚤的狂欢节，而我们的到来，成了它们百年难遇的饕餮盛宴。我们被跳蚤叮咬得满身奇痒难耐，一个月才好。

炮仗为媒的婚姻

在石板村的几天时间里，我们走访了几十户人家，震撼我的，除了贫穷还有早婚的习俗。十三四岁的女孩子一不小心跟着一个男孩回家玩，男孩或者其家人悄悄买个炮仗点燃升空，随着一声巨响女孩子就成了这家的媳妇。走访中遇到几个十五六岁的妈妈，她们用稚嫩的胸脯哺育下一代，她们孩子气地爬树采野果，一边回头去擦拭自己孩子的鼻涕……

月光下的课堂

离开前的一个晚上，我将这些花季少妇聚在一户人家的堂屋里，赶出男孩和男人，只留下妈妈、奶奶，我给她们上了一堂生理卫生课。讲解女性的生理特征，告诉她们每天洗澡的重要性，月经周期是怎么回事，如何保护自己，如何避孕……也许这是她们第一次了解关于自己的身体。

不眠之夜

最后一个晚上我失眠了。凌晨3点，我端了把小凳子，坐在不算平整的院子里。远处是黑沉沉的山峰，耳边是沙沙的风声，时不时听见几声犬吠，一切似乎都很安然。我想了很多，混乱的思绪就如同这夜色下的杂草，理不出一个头绪。最终只剩下一个想法：我们能为这个小山村做些什么力所能及的事。

2014 年 7 月

赫章：群山的回响

杨文菊

山路十八弯

黎明前的苏州还在沉睡，我们已踏上飞往贵州的航班。当车在云贵高原的盘山公路上颠簸了十个小时，"最后一座山了"，队友国飞第六次这样安慰，而窗外连绵的荒山依旧望不到尽头。裸露的岩土像大地的伤疤，偶尔掠过的玉米地稀稀拉拉的——这里连泥土都在挣扎求生。

苗寨的汉语桥

箐营小学所在的苗寨，美得像被时光遗忘的桃源。马老师——寨子里唯一会说汉语的民办教师，他的小屋是村民沟通外界的桥梁。正午的阳光透过木窗，在他破旧的教案本上投下斑驳的光影。我们交谈的十五分钟里，他的老母亲默默宰杀了家中唯一的母鸡。鸡汤的香气与苗语的呢喃交织，我突然明白：在这片连水稻都难以存活的土地，最肥沃的是人心。

没有课本的童年

那个躲在大人身后的男孩眼神刺痛了我。因为没有户口，他连接受义务教育的资格都没有。当崭新的笔记本递到眼前时，他像受惊的小鹿般退缩。国飞蹲下身，用拉钩的方式许下一个上学承诺。远处，他的同龄人正在地里刨土豆，黝黑的小手与黄土地几乎融为一体。这些孩子与城市少年的距离，何止是重重山峦？

教室里的坚守

龙塘小学的年轻特岗教师，在掉渣的土墙前显得格外挺拔。他们带我们走访时，雨鞋踩在泥泞的操场上发出咯吱声响。"能捐些书吗？"这个简单的请求，让领队当即承诺要建个图书角。夕阳把他们的影子拉得很长，我想起城市里那些来了又走的支教老师——但愿这些年轻人能成为扎根的树，而非掠过的风。

结　语

返程时，汽车后视镜里的苗寨渐渐模糊，但有些画面会永远清晰：马老师母亲颤抖着杀鸡的手，失学男孩怯生生的眼神，特岗教师沾满粉笔灰的衣角……在这片连时间都走得缓慢的山里，教育是唯一的快车道。而我们能做的，就是确保每个孩子都有买票上车的权利。

2015 年 3 月

山那边的呼唤：石板村行记

田 然

玉兰开始酝酿花苞时，我们循着大山的呼唤，在黔西北的褶皱里找到了石板村——这个被时光遗忘的坐标。

走访那日，五人的队伍在羊肠小径上蹒跚前行。两个多小时的跋涉中，嶙峋的山石划破了沉默，每个人的喘息都化作白雾消散在海拔2700米的冷空气里。当鞋底沾满红泥的我们终于望见石板小学那面褪色的国旗时，才惊觉我们视作远征的艰险，不过是孩子们每日必走的上学之路。

六年级的彝族小姑娘曹小妹个子不高，瘦瘦的，唯一的愿望是拥有一盒英语磁带。她是这次走访中遇到的第一个能够流利地说出一段英语句子的学生。

在一个破旧不堪的草木屋里，我们终于等到了放下手中农活赶回家中的杨同学。这个瘦小的苗族小姑娘总低着头，杨同学喜欢画画，却连一支彩色画笔都没有。她画了一个穿着礼服的小天使，却有一双未完成的翅膀。我问她是从哪里临摹来的，她说是她自己心里想的。临走时，我忍不住回头望，发现这个腼腆的小丫头偷偷地藏在家门后面目送我们。

叫某飞的女孩家住山坡上，她家里的田在山脚下。还记得当时我们在她家门口喊她的名字，只见山脚下一个敏捷的身影像只小燕子一样，轻盈迅速地飞奔向我们。这个孩子活泼开朗。陪同走访的张老师说她特别聪明，学什么东西一点就透。她喜欢画画，唱歌，体育。从她那五彩缤纷的画本里，看到她对外面丰富多彩的世界抱有一颗好奇的心。

我们还走访了一对孤儿兄弟。在他们很小的时候，父母就不幸病逝了。问他们最喜欢做什么，回答是"骑车"。在石板村拥有一辆自行车是一件令人羡慕的事。这对兄弟家就摆着一辆废旧的自行车，据说是叔父从很远的乡里捡回来的。这辆只能用来"观赏"的自行车，静静地斜倚在破旧的墙边，一动不动，却生生地轧过我的心。

暮色漫过山脊，石板小学下课的铃声在谷底回荡。那些写在作业本上的梦想，那些画本中的远方，突然让所有跋涉都有了答案。那些沉甸甸的感动，都化作了照亮前路的星火。

2013 年 3 月

一次跨越山海的成长之旅

罗 琳

2021年6月5日，飞机穿越云层飞向贵州。带着好奇与热望，我将去兑现一个儿时的梦想：去遇见未知的世界，也遇见未知的自己。

伤 痕

回水小学的新校门在阳光下闪着金属光泽。水泥操场取代了记忆中的泥泞，但教育的进步并不能抚平所有伤痕。

走访中我们遇见一个15岁的少年，他的左眼上方横亘着一道狰狞的疤痕——那是他用拳头对抗霸凌留下的印记。家里共8口人：爷爷、奶奶、爸爸、妈妈和四兄弟。家庭全部收入就靠几亩薄田，全家的口粮是玉米和发芽的土豆。因为翻建房子，家庭负债2万多元。一个哥哥在重庆上大专，两个弟弟上小学，从家中到学校要步行2个多小时。三兄弟挤一张吱呀作响的木床，屋中还堆着霉烂的土豆。父亲数着皱巴巴的欠条说：家里需要他出去打工还债。汤老师沉默良久，拨通了朋友的电话，帮小男孩在苏州找了一份洗车的工作。

心 结

当我们抵达幸福小学时，一个小女孩早已在校门口等候了。她有着与年龄不符的沉稳，回答汤老师的问题清晰又流畅。女孩是单亲家庭的孩子，与奶奶爸爸一起生活，母亲离家时，她只有 4 岁。提到母亲，她流露出怨恨的情绪。家里满墙的奖状记录着她曾经的努力。女孩最大的心愿是好好学习，长大以后孝敬爸爸，懂事得令人心疼。我们劝慰女孩：天下没有不爱自己孩子的妈妈，也许妈妈有自己的苦衷，不得已离开，但不代表妈妈不爱她。女孩小声说："其实妈妈来看过我的。"那一刻，山风穿过破旧的窗棂，将墙上的奖状吹得微微作响。

答 案

返程的飞机上，云海如棉絮般铺展。我想起初到山村时的忐忑：我能给予什么？这次远行，让我懂得公益从来不是强者的施舍。它可以是倾听时的一次颔首，甚至可以只是让一个孩子知道：世界上还有人记得她 4 岁时的笑容。

2021 年 7 月

深山里遥望最远的星空

何 政

7月的贵州阳光明媚凉风送爽，成长之树夏令营正式开营啦！第一站是中国天眼，观摩世界最大口径的射电望远镜。我作为本次活动的志愿者对天眼进行了简单介绍。从贵阳出发3小时后我们到达平塘县天文小镇。午餐后，大家有序进入天文体验馆。仰望屈原的塑像，回味《天问》对宇宙和人类发出的终极之问。穿过时空之门，我们来到射电天文厅，了解中国天眼的科学价值远超常人想象。其灵敏度是德国波恩100米射电望远镜的10倍，能探测到百亿光年外的微弱电磁波，为人类研究脉冲星、暗物质、黑洞合并等宇宙现象提供了前所未有的数据。转回时空之门我们进入天象影院，在这个15米直径的成像载体上，沉浸式体验太阳系天体的浩瀚：美丽的水星、炎热的金星、冷酷的海王星……

最后我们乘坐旅游车来到山脚，许多小朋友选择爬山前往天眼瞭望台。一个面积相当于30个标准足球场的巨大望远镜，太令人震撼了！

晚上活动是晓雪老师带领大家DIY（自己动手）制作驱蚊香囊。

第二天上午参观甲秀楼和贵州省博物馆。甲秀楼昂扬着"甲秀天下"的精神风貌，是贵阳历史的见证，文化发展史上的标志。接着来到贵州省博物馆。

博物馆里每个文物都承载着一段历史，它们静默地讲述着古老的岁月。而多民族的居住地、各式各样的民族特色服装、披着神秘面纱的民族文化、远古的恐龙化石、阳明先生的遗迹等，都是组成多彩贵州的一部分。

中午我们乘车前往夜郎古都——赫章。

晚餐后，小朋友们兴致勃勃的学习剪纸。

第三天上午参观体验赫章特产核桃糖的制作。下午参观民族村。大家先到小海小学，校长介绍了苗族文化和风情，耐心解答小朋友们的提问。我们还学了一些苗族生活常用语。校长带领大家参观苗族服饰，到农民家中体验生活。

第四天的活动内容是到山中孩子家里参与田间劳动和做亲手做午餐。小朋友们主动择菜，切菜烧肉。一个小时过后，就吃上了自己参与制作的大餐。

晚上，夏令营迎来了尾声——总结表彰大会。大家首先畅谈了这次夏令营的感受。然后是节目表演，街舞、芭蕾、脱口秀、大合唱，每个节目都赢得阵阵掌声。

难忘夏令营愉快的时光，我们一起经历，一起感动和成长，在最深的山中望见了最远的星空，也看见了不一样的世界。

2022 年 7 月

义行助学　善举济困

——关于教育扶贫的贵州之行

[卢旺达] Donatien Niyonzima　/　译：佳蔚

在中国举行的"99公益日"这天，我来到了贵州省西北部的赫章县，实地探访一个名为"成长之树"的公益项目。此次访问的主要目的是评估该项目在推动教育、减缓贫困方面的实际成效。

这次探访分为两个部分：一是了解赫章县同步教学技术的运行情况，二是走访接受"成长之树"资助的学生家庭。事实上，"成长之树"已经运行了九年，是一个由几位有志之士自发发起的非政府、非营利性公益组织，致力于支持基础教育。据该组织提供的数据，在过去五年中，他们在赫章累计资助了4840名学生和5位教师，同时为当地提供了18套同步教学技术设备。

到达赫章后，我与"成长之树"的志愿者和受益学生家庭进行了交流。受助家庭告诉我，他们每年会收到经济援助、运动鞋、书包及一些生活用品，包括牙膏、牙刷、肥皂、毛巾、勺子、书籍和安全手册等。资助金额为：每年小学生600元，初中生800元，高中生1200元。

在走访一户姓杨的学生家庭时，我有机会和他们一起在自家田地里挖土豆。14岁的杨同学和两个弟弟一起生活。母亲因病去世后，家庭经济一度陷入困境，孩子们的学业也受到影响。"成长之树"介入后，开始资助她和年幼的弟弟。志愿者告诉我，自从2021年起，这两个孩子就一直在接受项目的资助，学习成绩也逐渐进步。

在赫章一中，还有一个让我意外感动的经历。这所学校正在使用同步教学技术。"成长之树"的创始人汤老师向我介绍，这种技术可以让一所学校的优秀教师通过网络，向偏远地区的学校远程授课。从2017年3月起，赫章县已有18所学校开始使用这种技术，截至目前，这一技术已使37000多名学生接受了来自专业教师的优质教育。

该系统不仅让偏远地区的学生受益，也为教师之间的教学研讨与方法改进创造了更多机会。

这次走访让我更深刻地理解了这个公益项目在赫章社会不同层面所带来的改变——不仅体现在教育层面，也体现在民生方面。项目的支持在一定程度上减轻了困难家庭的教育负担，也改变了他们对教育的观念。

赫章的经历表明，中国的公益事业正在作为国家乡村振兴战略的有益补充。尽管这些公益组织尚不能从根本上扭转地区发展的困境，但它们的介入，让更多家庭能够承担起教育的成本，也让他们得以把精力投入其他发展事务上。

原文发表于《VOL.14》2022年10月刊

用平凡诠释伟大

赵春姬

泪光中的承诺

这里的孩子懂礼貌、知感恩。女孩三年级的时候，爸爸入狱，妈妈去世。那时成长之树开始资助她，现在已经读初中了。她眼含热泪表示一定要好好学习，去报答那些好心人。

饭桌上的教养

在学校很多学生会主动问候"老师好""阿姨好"。学校操场大多很简陋，仅有的一些体育设施，孩子们会自动排队轮流玩，井然有序。

每次走访，都能感受到一些变化：年轻老师越来越多，学校管理越来越规范，学生素养越来越高。我们在一所中学体验了午餐。用餐时，学生以班级为单位，安静有序地排队、打饭、用餐，没有一点浪费，这里的孩子懂得"一粥一饭"的分量——政府提供的营养午餐，可能是他们一天中唯一的热食。餐后学生轮流做值日清扫，那么大的食堂，不需要老师管理。学校还给上晚自习的孩子加餐，保证学生的营养。

平凡者的坚守

志愿者从出行前的计划安排、召开说明会、培训、和参与者联络沟通，到落地后的物资整理、资助款分发、吃喝拉撒、出行安排，以及学校联络、家庭走访、资料整理……事无巨细，尽职尽责。我和组长殷老师同住一个房间几天，她每天都要工作到很晚，写总结，隔天的工作准备，还照顾每个组员的情绪。当地志愿者李总自带司机和汽车陪同我们走访。一路帮我们拍照、联络、整理资料，解决各种问题。最后还把我们送到高速路口，特别暖心。那些坚守的志愿者，用日复一日的平凡，诠释着伟大的定义。

窗台上的春天

走访途中，常常在破旧的土房窗台，发现倔强生长的绿植，易拉罐做的花盆中开着山泉浇灌的野花，山里人用最朴素的生活态度，教会我什么是生命的韧性。而这片土地，正用它缓慢而坚定的蜕变，见证着爱的双向流动。

2021 年 4 月

孤女的清华梦

李　斐

　　在社区工作人员的带领下，我们来到了今天要走访的"小树"——崔同学的家里。记不清走了多远的路，我们终于在一处有房屋的地方停下来了。

　　走进房子，我们简直都不敢相信这是一户人家，从社区工作人员的口中得知，她家住的地方原先是村里的厂房，破旧的砖瓦房异常灰暗，屋内屋外仿佛是两个世界，屋外明明是阳光明媚，微风和煦，但是屋内却昏暗灰蒙，冷冷飕飕，地面还是坑坑洼洼的泥地，几乎没有一件家具，除了一张破旧的木板床。

　　看到我们走进来了，爷爷颤颤巍巍地走出来迎接，奶奶是常年瘫坐在轮椅上的，我们的出现，两位老人一时间控制不住情绪，哭了起来。当时眼前的一幕，谁看到可能都会心酸不已。这是个四口之家：爷爷奶奶、哥哥和我们要资助的小崔同学。在小崔很小的时候父母亲就离开了人世，她一直跟随爷爷奶奶生活。目前爷爷耳聋、奶奶瘫痪。30岁还未婚的哥哥，一直在外打工，哥哥的工资就是全家唯一的经济来源。小崔平时上高中半个月才回家一次，爷爷奶奶的日常就由她的大伯照顾。家里也没有居住的地方，小崔一般都是借住在伯伯家里。

　　这些人生经历听起来也许是悲惨的，但是再坎坷的生活也没能磨灭小崔心中的读书梦。一直以来小崔的学习都非常棒，在初中的时候，她的作文曾获得过省级大奖。高中第一个学期，同学们在一块谈论自己的理想大学时，小崔就勇敢地说出了自己的目标——北大、清华。她也在一直为之努力着。我们在班主任那里看到了她去年期末考试的各科成绩：语文122，数学118.5，英语96，物理化学126，道德法治与历史90，地理生物75，英语听力口语30，体育40，美育测评B，理化实验合格，总分697.5。在这份成绩单下面还有一段班主任评语：你是个朴实、勤奋、聪明的女生。听课用心，学习刻苦，勤于思考，有很强的进取心，能克服在外求学的诸多困难，有较强的生活自理能力，能吃苦，与人为善，尊敬师长，积极参加班级事务，学习成绩优良且稳定。望继续努力，始终保持稳中有进的态势，相信你会更好。

我们的助学款或许不能改变小崔的生活困境，但至少能让这个追光的少女，离她的清华梦更近一些。离开时恍惚看见破败的窗框里，一株不知名的野花正向着阳光绽放。那倔强的姿态，多像深夜伏案的那个剪影——在命运给的废墟里，她把自己长成了最美的向阳花。

2023 年 9 月

周口见闻：被折叠的童年

陈丽霞

10月7日，我踏上去河南周口的列车，对李新文先生从2016年开始资助的一批学生进行家庭走访，将符合成长之树资助条件的学生纳入资助名单。我和当地中心校的美琴老师一起走访了8个家庭。

由于前几天下雨的缘故，去姜庄的道路泥泞难行。在读高中的武同学妈妈患有严重的精神疾病，完全无法沟通交流。苑同学目前在上大学，妈妈也患精神疾病，平时会做些小手工贴补家用，家中收入来源主要靠腿有残疾的爸爸。苑妈妈一直不停地说女儿学习成绩很好，很是为女儿感到骄傲。

孙楼小学的孙同学在读三年级，有两个哥哥和一个弟弟，大哥在读八年级，二哥读七年级，弟弟读一年级。父母离异后都不管孩子，奶奶捡废品独自抚养四个孩子，妈妈偶尔给他们买几件衣服。

孙楼村另一位孙同学在读四年级，父母都在外打工，爸爸身体不好。孙同学和两个姐姐跟着爷爷奶奶生活，住在叔叔家，叔叔家还有一个年幼的堂弟。爷爷曾是军人，腿受过伤，家里的大小家务主要靠奶奶照顾。大姐读九年级，二姐读六年级，三个孩子成绩都非常优秀，叔叔家的墙面上贴满了孩子们的奖状。

小杨楼村的苑同学家里陈设简单，但是屋内屋外都收拾得很整洁。墙上的奖状见证了两姐妹的努力。我们到时姐妹俩正在昏暗的房间里写作业，她俩一个在读初中，一个在读小学。一场意外导致爸爸手残疾，全家现在只靠妈妈外出打工维持生计。奶奶身体也不好，不久前中风，行动不便。但她却非常乐观，说无论如何都要好好生活。平时奶奶还会做点手工活贴补家用——编渔网，2.7元一个，空闲的时候每天可以编2个。

　　大杨楼村的初中生杨同学自幼患有耳疾，治疗花光了家里的积蓄，还欠有外债。家里还有两个姐姐，都在上职业学校。母亲在家附近打打零工。附近村里有红白喜事时，父亲帮人家做饭，挣点劳务费，家庭收入不稳定。孩子们平时由奶奶照顾。

　　大杨楼村一年级的杨同学刚出生不久妈妈便去世了，爸爸日渐颓废现在完全不管家。她只能跟着80岁高龄的爷爷奶奶生活，奶奶腿有残疾，只能扶着凳子挪动身体。家中没有稳定收入，靠好心的邻居接济和帮助。杨同学的姐姐辍学在外打工，因未成年多数时候找不到事情做。

　　最后走访的是居住在搬迁小区的苑同学家。他家让人眼前一亮，精致的装修、齐全的家电，家里一尘不染，非常干净。苑同学现在读八年级，成绩优异，墙上的奖状和大红花是最好的见证。他父亲早逝，妈妈独自带着他和三个姐姐生活。现在大姐已经出嫁，二姐三姐都在外打工。

　　走访结束，周口港区的晚霞正渐渐褪去。8个家庭各有各的苦难，但是墙上的奖状却让我看到那些在贫困中依然笔直的脊梁。我想我们千里奔波正是努力让那些被苦难折叠的童年不再重演。

2022 年 10 月

太阳部落的孩子等待阳光

——石渠走访散记

何 烨

在四川的最西端,海拔4200米的高原上,有一片被阳光亲吻的土地——石渠。它隶属于甘孜藏族自治州,藏语称"扎溪卡",意为"太阳与火的部落"。石渠被誉为"太阳部落",这里有最纯净的蓝天、最洁白的云朵、最辽阔的草原与最古老的经墙,是一处风光如画、信仰厚重的净土。

但与此同时,这里也是四川省海拔最高、面积最大、交通最不便的县之一。从成都出发,经康定至此,需耗时两天两夜;若从青海西宁出发,翻越高原山脉至歇武,再沿石歇公路辗转而来,也要将近20个小时的车程。这里的偏远与艰苦超乎常人想象,却也因此更加需要外界的关注与援助。

格孟:成长之树石渠助学的起点

成长之树公益组织最早资助的学校,便坐落在石渠县格孟乡——格孟学校。它由格孟寺的住持洞尼堪布于2000年创办,原为接济孤儿与贫困家庭子女上学而设。早期,学校靠寺庙僧人和支教老师艰难维系,近年来虽已配置了4位公办教师和4位代课老师，但依旧捉襟见肘。在册170名学生，实际到校不足百人。

这些孩子，藏着最纯粹的童真。初见时，他们会毫不羞怯地牵起你的手，邀请你一起跳舞、玩耍。虽然语言不通，但笑容可以跨越语言的隔阂。他们总是在迎接我们到来时，身穿节日盛装，在藏族老师的带领下，载歌载舞，用最灿烂的笑容表达内心的喜悦与善意。

初次走进这所学校时，我们受到了藏民最真挚的欢迎——洁白的哈达与温暖的祝福。尽管孩子们脸庞被高原的烈阳晒得黝黑，有的鼻涕未擦干，但那一双双清澈明亮的眼睛，是高原上最动人的风景。

高原之困：冰冷现实中的温情火种

石渠是国家级贫困县，平均寿命不足60岁。在2016年第一次到访格孟学校时，我们看到校园已接通自来水，并实行了国家资助的营养午餐制度。孩子们吃完饭后，抢着帮我们洗碗，脸上洋溢着发自内心的满足。他们知道，能帮助别人，是一件幸福的事。

在一间教室的黑板上，写着一首歌的名字——《如果给我一片天空》。这是支教老师小付教给他们的，每个孩子都会唱。汤老师在黑板上写下"苏州"两个字，告诉他们我们的家乡，他们虽听不懂，却齐声说出"好"。当被邀请去苏州时，他们眼中闪烁着憧憬。

在一次助学金发放现场，语言成了最大障碍。所幸有一位老师能充当翻译。当汤老师说出"藏汉一家人"时，在场的家长与学生报以热烈的掌声——一种跨越语言与文化的心灵共鸣，让那一刻尤为珍贵。

走进扎溪卡：理想之外的艰辛

从2014年至今，成长之树已有数十位志愿者走进石渠。2016年，志愿者团队跋涉3156公里，耗时52小时才抵达目的地。高原缺氧、严寒、简陋的住宿条件、夹生的米饭、长时间的奔波……这些都是现实。但现实从不击退真正的公益之心。

2016年，汤老师初次走访石渠时曾感叹：这里的贫困超乎想象。帐篷就是"家"，地面上铺着一张毯子便是床。锅碗瓢盆和青稞面是为数不多的财产。很多家庭人口众多却支离破碎，父母睡在屋外报废的面包车里，只为让孩子在土屋中睡得温暖些。7月尚可忍受，其他月份皆为寒冬，住帐篷的人只能靠火堆取暖。

挣扎在生存边缘的家庭，用尽一切方式谋生：加工一张牛皮仅得50元，代人放牧一年得百元；挖虫草，是少有的"高收入"途径，但一年只有5、6月可采，且运气成分极大。疾病、失能、孤独，是许多藏民的生活常态。看病几乎成了奢望，因病致贫、因病返贫在这里屡见不鲜。曾经一个四年级女孩怀孕后被迫辍学的事件，如同尖刀，刺痛每一个关注她命运的心。

包虫病曾是这里的重灾害，2014年数据显示，石渠的患病率高达12.09%，儿童检出率2.91%，犬只感染率接近30%。疾病、文化习俗与信息闭塞交织，使得这里的助学工作比任何地方都更复杂、更沉重。

在资料采集中，我们常被"乱填信息"弄得哭笑不得：几岁的孩子成了"家长"，弟弟比哥哥年长……这是家庭破碎、语言隔阂的残影。但这也恰恰提醒我们，公益不仅要送去物资和资金，更要架起沟通、理解与希望的桥梁。

以爱之名播种希望

截至目前，成长之树已在石渠县资助10所学校，覆盖学生达663人。我们无法改变这片高原的海拔，却能通过一份份助学金、一次次走访、一句句鼓励，让这里的孩子看到世界的广阔与温暖。

走进石渠，你会感受到苍生的渺小，也更能体会善意的力量。在这里，我们不再问"一个人的力量能做什么"，而是坚定地相信：只要愿意开始，善意终将汇聚成河。也许今天我们无法改变整个世界，但可以点亮一个孩子的未来。愿"成长之树"的种子在这片高寒的土地上生根、发芽，结出希望的果实。愿更多人加入我们，守护这些高原上的星光。

2016年8月

困境里，教育是唯一的救赎

李斐

海拔4300米的石渠县，天空蓝得像被水洗过的琉璃。在这片被称为"太阳部落"的土地上，仍然延续着走婚习俗，以至格孟小学接受捐助的190多个学生中，有近70%的孩子来自单亲家庭。

校长尹星告诉我们，这里的男子看中哪个姑娘，就会从她身上抢一样东西，可以是串珠，也可以是头饰。假如姑娘没有抗拒，晚上小伙子就可以去钻这个姑娘家的帐篷，进行走婚。姑娘的父母不仅不会阻止，而且会以来走婚的人多为骄傲。所以走婚家庭里的孩子可能有着不同的父亲。在物资匮乏的高原，人口曾是部落最珍贵的财富。而今，这种古老的生殖崇拜，却让无数母亲独自扛起生活的重担。我们走访的琼尼家，四个孩子四个父亲，全家的经济支柱是年迈的姥爷和打零工的母亲。

格孟小学的创办者东尼上师发愿让更多的孩子走进学校，了解外面的世界。他表示每个孩子都该知道，人生不只有帐篷和牧场。阳光透过五彩经幡照在孩子们脸上，那个大眼睛女孩悄悄告诉我，她长大后要当老师，不让妹妹们重复阿妈的路。藏族代课老师措姆说，她自己的母亲经历过七次走婚，而她不会走婚了。

返程时回望傍晚的格孟寺，经幡猎猎作响，玛尼堆的经石在夕阳下闪着微光。

2019 年 9 月

海拔四千米的心灵觉醒

张秀刚

8月28日出发去甘孜走访，旅途中饱览了青海沿途美景，也感受了海拔4829米三江之源巴颜喀拉山的氧气稀薄，我们到达集合地玉树。第二天清晨，体格健壮的小伙许凉凉因高反提前返回，但我们的走访还要继续。

夺呷小学位于普公坝湿地草原，2014年建校，现有一年级至四年级7个教学班，还有2个学前班，约270名学生，12名全职教师。

操场被突如其来的太阳雨淋得闪闪发亮，孩子们整齐有序的排队领取助学款。吸着氧气还坚持发放登记的刘伟，忙到下午3点才吃饭的孙锋、不停各处协调的陈尘、不敢喝水怕上厕所耽误发放的任涛以及忙前忙后做直播的言欲晓，大家分工明确，学生信息核对、受助人签字、助学金发放、拍照造册等工作一气呵成，四个小时就结束了。高反最严重的苏玉把带来的学习用品和糖果分发到孩子们手里，孩子们用汉藏双语感谢这位远道而来的苏州美女姐姐。低年级的孩子都讲藏语，四年级才开汉语课。当地藏民居住分散，有的学生家离校20公里，家庭条件好的孩子父母每天接送，没有条件的孩子天不亮就要从家里出发徒步去学校。学校没有食堂，午饭一般是家里带来的糌粑、土豆之类的食物。当地的藏民大部分家庭经济来源依靠挖虫草和打零工，收入很不稳定。

13岁的四年级学生尼麦让志，成绩优异还担任班长，父亲腿脚残疾无劳动能力，母亲和哥哥在去挖人参果的路上遭遇车祸双双离世，家里唯一经济来源就是政府补贴。

12岁的三年级学生索朗邓珠，各科成绩都不错，还担任体育课代表和藏文课代表。他是单亲家庭，一家3口，仅靠母亲每年挖虫草的收入和政府补贴生活。

10岁的沙真，12岁的西姆，10岁的色措机……他们身处困境但不放弃希望，纯净如水的目光让我对生命充满敬畏，也突然明白生命中最重要的是什么。

我常常翻看那次走访拍到的照片：藏族孩子们红扑扑的脸蛋，志愿者发紫的嘴唇，被彩虹笼罩的简陋校舍……在海拔四千米的高原，我仿佛找到了灵魂的刻度。

2020 年 8 月

年轮为证　向光而行

宋国祥

时光如梭，岁月如歌。十二载春秋流转，我竟已在成长之树的年轮里刻下了自己的纹路。记得初遇时，我只是想在这片公益林里做一片微不足道的叶子，为某个需要帮助的孩子遮挡风雨。不承想，这片森林用最朴素的阳光雨露——透明的账目、按需募集的善意、随时可证的真诚——让我这片漂萍，长成了其中一道坚韧的年轮。

财务公开是这个组织谱写的最动人的诗行。每一笔助学款的去向，都像叶脉般清晰可循，随时可以追踪自己资助款的流向。这种透明带来的信任，比任何誓言都更有力量。

走访是最深刻的修行。在甘肃会宁的土窑里，我见过最昂贵的"墙纸"——整面墙贴满奖状；在贵州赫章，山里孩子第一次背上了我捐赠的书包，在四川石渠县，成长之树发放的校服成为雪域高原一道亮丽的风景。走过泥泞崎岖的山路，翻过4000米以上的高原雪山，我们不是去施舍爱心，而是去见证生命的韧性。

创始人老汤有句常挂在嘴边的话："公益不是救济，是唤醒。"那年助学款出现30万缺口时，他连夜驱车拜访了数家企业。一位做外贸的老板被他的执着打动，在支票上签字时说："老汤，你这不是在要钱，是在给我们机会种福田。"

如今打开成长之树的网站，"小树来信"常常会令人眼眶发热。邓同学在来信中说："你们不仅在物质生活上提供了帮助，更是教会了我如何释放压力，如何欣赏自己和学会寻找帮助，使我能够更好地拥有平稳的心态，不自卑，不自弃的自信心。"成长之树资助的江西孤儿谢子晨大学毕业参军后，用津贴悄悄资助了一名高中生。这种爱的接力，比任何数据都更能证明公益的价值。这些星火让我懂得：真正的公益，从来不是单方面的给予，而是彼此照亮的过程。就像成长之树的宗旨里的一句话：感谢孩子们给了我们一个表达爱的机会。

站在第十二圈年轮上回望，那些曾经"微不足道"的坚持，已使一棵幼苗长成大树。如果你也在寻找让善意扎根的土壤，不妨来成长之树看看——这里没有救世主，只有一群相信"滴水穿石"的普通人；这里不需要惊天动地的誓言，只需你带着一颗真诚善良的心，与我们共同书写下一个十二年的年轮。

我们在一起，就很了不起

崔 云

　　我曾像风中的蒲公英，带着与生俱来的善意飘荡在人间。公益于我，不是选择，而是宿命——仿佛上天在灵魂深处刻下的印记，让我在每一次随风起舞时，都能看见那些需要温暖的角落。在遇见成长之树前，我的善念如碎银散落四方：福利院的童谣、敬老院的茶盏、贫困户家里的米面……每一片善意都是真诚的，却终究未能找到扎根的土壤。直到那个电话像一束光穿透迷雾："我们只是把助学款亲手交到孩子手里"，汤永坚先生的声音带着江南水乡特有的平和，却让我听见了铁器沉入水底的笃实，让我这个飘荡多年的公益游民，产生了找到归宿的心悸。

　　2017年深秋的理事会，成为我生命的转折点。百余人的会场里，西装革履的企业家与温文尔雅的退休教师比邻而坐，年轻白领的笔记本电脑挨着山区志愿者粗糙的记事本。没有镁光灯，没有绶带，只有密密麻麻的财务报表和助学名单在投影仪上播放。当听到"资助人的善款会百分百以现金形式亲自交予受助学生"时，我捏皱了手中的矿泉水瓶——这在公益圈简直如同神话。这次会议给予我一种叫作"相信"的力量，让我对成长之树有了第一次的坚定。

　　2018年，我跟随汤老师去青海发放助学款及走访被资助的学生，看着孩子们高原红的脸蛋，黝黑的小手，与他们面对面如此真实的交流，他们朴实及渴望读书的眼神，让我忘记山路颠簸，忘记起早贪黑赶路奔波的劳累。每当山里的孩子怯生生喊我"苏州阿姨"，我就往他们手心塞一粒糖。糖纸在阳光下闪烁的样子，像当初在理事会初遇的、闪闪发光的信念。

　　之前参与过那么多公益活动，有人问我为什么当下只专注于成长之树，我的回答是：这里有一群志同道合，无私务实，拥有一颗纯粹做公益的心的伙伴们；更是因为那些雪域高原上的红脸蛋、贵州山区的破书包、江西留守儿童写在问卷背面的"我想上大学"，这些都是我投身公益的动力。有时深夜整理走访报告，电脑屏光映着墙上的助学地图，恍若看见万千幼苗正在中国最贫瘠的土壤里生根——而我们，不过是先长出地面的那一棵。我坚持并相信，我们在一起，就很了不起！

在爱中坚持，在光中前行

崔 丽

受姐姐崔云的感召，我加入成长之树已经很多年了。一路走来，我越来越深刻地理解到，成长之树的每一位志愿者都走得异常不易。支撑我们持续前行的，是对贫困孩子命运的感同身受，是对远方山区那一双双渴望眼神的深切牵挂，更是家人背后默默无言的支持与理解。

我第一次"认领"孩子，是在一次偶然的对话中。当时，姐姐正在通话，语气焦急："还有好几个孩子没人资助，交不上学费了，怎么办？"她挂断电话后，我追问详情，她告诉我：有些孩子学习非常优秀，可因家庭贫困，若没人资助，就只能面临辍学的命运。

她的话一下戳中了我的心。在苏北长大的我，对"没钱上学"的窘迫与无奈有着切肤之痛。小时候，我是家中最小的孩子，家境贫寒，11岁便被迫辍学，跟随二姐到苏州打工。后来，我始终放不下求学的愿望，靠打工攒下几千元，又独自回到盐城复学。

那段日子，我过得极其艰苦。为了节省开销，一天只吃两顿凉皮，每顿两元，给自己定下每天不超过五元的支出标准。整个宿舍里，我是唯一一个"回不了家"的孩子，因为连回家的车费都拿不出来。结业前夕，学校突然通知要交300元的材料和考试费，我几乎崩溃。那时我身上只剩一百多元，无奈中拨通了大姐的电话。她什么也没问，只默默地往我卡里打来了500元。这份支援与温暖，我至今铭记。

也正因为自己曾经深陷求学的困顿，看着姐姐如此焦虑，我咬了咬牙，决定资助一个孩子。虽然当时我自己也并不宽裕，租着房子，独自抚养女儿，但我宁愿自己省一点，也不忍心眼睁睁看着一个孩子失去求学机会。

两年后，我资助的那个孩子考上了大学。晓丽姐还特地给我发来一封贺信。那一刻，我感到无比欣慰与自豪。原来，一份不起眼的善意，也可以点亮一个孩子的未来。

五年前，姐姐因胸腺瘤住院做手术。那段时间，医院里都是我在昼夜陪护。没想到，她刚出院没多久，竟瞒着全家只身前往贵州发放助学款。直到人已抵达山区，她才告知我们。得知消息后，我急得立刻拿过妈妈的手机，屏蔽了姐姐的朋友圈，生怕年迈的父母看到她在山里奔波的照片担心。我甚至骗父母说，她只是出去休养。那时的我一边担心，一边又不忍责备，只得私下联系晓丽姐，请她多多照应姐姐。她手术刚恢复，又容易高原反应，实在不能太累。

结果等她回来时，我惊呆了。她腋下的手术切口已经严重感染，创口从里到外彻底溃烂。伤口拆线后，竟形成了一个活生生的窟窿。她已经疼得连车都开不了，我赶紧陪她就医。医生说，必须把坏死组织彻底挖除，重新缝合。我是第一次看到人的身上竟能烂出这样一个洞。她自己看不见那个部位，我却亲眼看见，忍着泪，还故作轻松地安慰她："没事。"但我心里是又气又疼——我辛苦照顾她那么久，她却为了几个素未谋面的孩子，把自己的命都快搭进去。也正是这件事之后，我开始认真了解成长之树。

我想知道，究竟是怎样的一个组织，能让她如此倾心投入。我开始抽空参与成长之树的活动，渐渐地认识了许多有大爱的伙伴：汤老师、金子、云霞、尘尘、罗湘洲……他们为了不让一个孩子失学、不计回报、无私奉献。他们的精神深深感动了我，也让我明白，活着不只是为了自己。

此后，每次姐姐出发去外地走访，我都会在家照顾她的孩子，打理家务，做她最坚实的后盾。

　　我也常常带着女儿一起参加成长之树的活动。我希望她明白：不是每一个孩子都拥有同样的起跑线。她是个善良有爱的孩子，不仅积极参与活动，还带动身边的同学一起加入。有一次，她甚至拿出自己的压岁钱，资助了一位山区的姐姐继续上学。

　　在我的带动下，许多同事和朋友也加入了成长之树，先后资助了不少贫困学子。我始终相信：只要我们愿意伸出援手，哪怕只是一点点的帮助，也可能成为一个孩子改变命运的转折点。而在这个过程中，我们自己也悄悄被治愈，被唤醒，被重新塑造。

　　成长之树不仅连接了人与人之间的爱，更成就了无数普通人的温柔与坚强。是它让我真正理解了什么是无私、什么是责任、什么是"活着"的意义。

从枫桥茶楼开始的助学之旅

阙文政

　　2018年谷雨时节，枫桥景区的垂丝海棠落满青石板。我在寒山寺旁盘下一栋二层小楼经营茶室时，未曾想过这片屋檐会成为我人生的转折点。景区管理处的汤老师是成长之树的创始人，那日他们借用我的茶楼开会，我也由此了解了成长之树的一些情况。会议散场后，我特意向晓丽要了一枚成长之树的徽章，绿色的树苗图案在暮色中微微发亮，像一粒火种落进平静的湖面。

　　茶室的白墙渐渐被书画家们的墨宝填满。某次与美协的老先生品茗，他听说我资助了八个山里孩子，当即挥毫写下"润物无声"，这幅字后来成为成长之树慈善拍卖会上的拍品。那些年，紫砂壶里的茶香与成长之树，构成了我最踏实的日常。

　　总有人追问我资助陌生孩子的意义。2019年深秋，我在贵州赫章走访时，一个穿褪色校服的女孩带我们去看她家的"书房"——柴房角落的破木箱里，整整齐齐码着用塑料袋包好的课本，她连一个像样的书包都没有。那一刻，我忽然想起自己23年前在党旗下的誓言，想起南通老家漏雨的教室。原来所有答案，都藏在生命来时的路上。

　　疫情三年，我奔波于出差的路上，却始终没断过对成长之树的捐赠。2024

年年初，苏州科技大学的莫院长找来时，我正整理仓库的藏品。"艺术生连颜料都买不起啊！"他叹息着。早春的雨打在枫桥上，我想起徽州老宅里那些因贫辍学的雕花匠。四月份我在成长之树发起"帮助艺术生推开艺术之门"的专项资助，自己先拿出2万元作为启动资金。

创业初期，我租住在一个老旧小区，经常看到一些农村来的老阿姨老叔叔摆摊售卖一些自己种的蔬菜或者自家的土鸡蛋，遇到雨天，我习惯在下班时将那些剩余的农产品悉数买下。直到某个梅雨季的黄昏，我驱车经过小区转角，看见妻子撑伞站在摊前，正将最后两捆青菜装进布袋——那一刻，雨幕中的身影与记忆重叠，善意原来是这样无声地流淌。

而今，成长之树的故事恰如当年那些在雨中传递的温暖。从几个人凑集的几万元善款，到五千余名会员共同编织的爱心网络；从资助第一个孩子时的忐忑，到如今一万两千个生命的轨迹因此改变。913万元，这个数字背后，是无数个像我妻子那样默默撑伞的人，在风雨中传递着希望的薪火。

善举就像石子投入湖心，涟漪终会抵达意想不到的彼岸。当年老街雨中的那袋青菜，寒山寺旁的助学会议，茶室里义卖的画作，都在时光里荡漾开去，最终汇成这片庇护万千幼苗的森林。

当夜深人静，我常浏览成长之树的网站。那些密密麻麻的资助名单，多像苏州老巷里连绵的雨丝，看似微不足道，却滋养着整座城市的春天。而我知道，在这绵长的雨季里，永远会有人为他人撑起一把伞，继续这场没有终点的爱心接力。

漫不经心的跟随

李新文

忘记了是怎样的缘由，七年前我在成长之树试着资助了两个孩子，偶尔也参加线下活动，最初的接触平淡得几乎让我忘记了自己在做公益。有时会点开成长之树的页面浏览等待资助的信息。那些陌生孩子的资料静静展示在那里：父亲残疾，母亲务农，年收入不足3000元。没有煽情的文字，只有朴素的数字和照片上破旧的校服。我会不自觉地点击"我要资助"，就像在超市拿一包纸巾那样随意。

2021年的夏天，我带着女儿参加成长之树的夏令营走进贵州赫章的山村。午餐时，一个扎着歪辫子的小女孩把碗里的肉夹给我女儿，自己低头扒着白饭。后来我才知道，这个父亲早逝、母亲离家的孩子，已经三年没穿过新衣服。那天下午，在她寄居的姑父家，我看到墙上贴着整排的奖状，家里却没有任何像样的家具，说是家徒四壁也毫不为过。我无法想象孩子的内心之痛，只想给她一些力所能及的帮助，希望在她的心中点亮一盏微弱的灯，让她感受来自陌生人的些许温暖。

从赫章回来后，我把所有资助都转到了成长之树。"99公益日"熬夜抢配捐，直播义卖时笨拙地介绍产品，慈善拍卖会上举牌竞拍——这些曾经觉得矫情的事，现在做起来却格外踏实。每次看到助学金交到孩子们手上时，他们眼睛里闪过的那道光，我就想起那个贵州女孩。

七年过去，我资助的孩子从两个变成了三位数，而成长之树也从幼苗长成了庇护一万两千个孩子的大树。某个深夜翻看那些小树来信时我突然明白：原来不是我在点亮他们，而是他们用最纯粹的信任，照亮了我日渐疲惫的内心。人生的最大意义也许就在于被需要！

爱的年轮与希望的绿荫

张佳莹

初逢善缘：一场温暖生命的邂逅

记得第一次听到成长之树的名字是2013年，经朋友引荐了解到了这个资助学生的公益组织。没多久，我与创办人汤老师就在北京见了面。一个亲切的微笑，没有过多的寒暄，汤老师便热情地向我和另一位也计划加入的资助人介绍了起来。听到孩子们生活的艰苦现状，聊到他们因家庭困难而面临的失学危险。那些散落深山的童真面孔，那些被命运绊住的求学步履，在汤老师的温言细语间渐次浮现。现在回想起那次简短的碰面，没有宏图伟愿的铺陈，不见慷慨激昂的演说，只有当下要做的事儿和最质朴的发心。

黔山行记：踏过雨雾见青筠

2014年7月，贵州正值雨季，我与资助人大海、严嵘，志愿者陈婷带着要发放的资助款和思考成长之树制度建设的任务，走进了贵州大山。这是我的第一次实地走访，如今仍记忆犹新。赫章的雨将山路浸成墨色绸带，我们踩着孩子们十年寒窗的轨迹，丈量着求学路上十里的艰辛。一路走访的家庭，每家都有自己的故事，那么的难以置信又真实发生。简陋的教室、破旧的桌椅，看着那些在漏雨屋檐下绽放的笑靥，想到那些用柴火灶台煨着的求学梦。那一刻，我更加深刻地体会到了成长之树存在的意义。

走访结束，我们认真思考总结，提出的很多建议被组织采纳。我为自己能在成长之树的萌芽阶段，为每一个有需要的孩子，做些力所能及的事儿感到开心和骄傲。这次走访成了我与成长之树同行10年的原动力之一；这段短暂经历中的很多场景画面，也成了我值得记忆的人生瞬间。同时，成长之树也让我结识了许多志同道合的朋友，我们都怀着善良的心，为了同一个目标而努力。在这里，我们共同拥有一个名字"大树"。

十年成荫：年轮里生长的希望

与成长之树相伴的这些年里，我见证了它的最初、壮大和如今的蓬勃。回望来时路，惊觉善的种子已蔚然成林。从十八株"小树"幼苗到万木成林，从三十六棵"大树"到五千余人的葳蕤林海，最动人的不是数字的攀缘，而是千余支红烛终于点亮了大学殿堂的曙光。要知道在成长之树最早的几年里，大多数孩子都没办法坚持到初中，高中生寥寥无几。这也正是我所见证的独属于成长之树的无私的爱的传递。

慈善，慈为发心，善为举动，很多时候这两者在面对实际问题时很可能相互背离。而真正的慈与善，是化作春泥的守护；至高的善举，是让受助者葆有尊严地生长。这株大树的年轮里，每一圈都沉淀着静默的守望。这是成长之树始终如一的践行，也是于我个人而言收获的最深刻的感悟，当万千树影在时光里婆娑成海，便是人间最动人的春天。愿成长之树永远枝繁叶茂，愿爱与希望永远延续！

我与成长之树的十二年

罗湘洲

2013年,《尚品会》杂志创办人吴志先生邀请我参加了他们组织的一场活动,其中一个环节是"成长之树"公益拍卖。我捐赠了一幅油画作为拍品,拍得善款全部捐给成长之树用于资助家庭困难的学生。由此我便与成长之树结下了不解之缘。

十二年光阴,我从一个义拍品的赞助人,成长为成长之树的资助人(会员)、活动主持人、公益拍卖师、苏州14组组长、常务理事。这是一份幸运,也是一份荣耀,更是一份对爱的传承。

十二年来,我参与并主持了成长之树大大小小的活动和会议,直播义卖近百场,主持公益拍卖37场。回望这段旅程,内心充满快乐和幸福,几件小事更让我铭记至今。

2014年:十元门票的温暖汇聚

2014年,我在公司二楼设立了"姑苏老三微讲堂",每周讲一次电商与粉丝经济的课程。起初免费,后来每次讲堂开始收取10元门票,我们免费提供茶水，门票收入全部捐给成长之树。宋国祥老师得知后，还从成长之树拿来一个公益乐捐箱，放在我办公室，每位来宾都向箱里投下这份小小的善意。两年时间，这个箱子竟积累了3000多元，每次清点那些零散的10元、20元时，我心里总是温暖无比，充满感恩。

2016年：一次教练课程，点燃爱的星火

2016年7月，我参加HELP2教练技术班，课程中有一个"公益感召"环节，我第一个想到的就是成长之树。我联系班委，带领全班一百多位同学，借助成长之树提供的链接和素材，通过朋友圈宣传、一对一邀请，连续三天进行感召。最终成功吸引了3780人次参与，共筹得312613.80元，创下成长之树当时最大单笔筹款记录。我们将这笔善款命名为"成长之树HELP2爱心基金"，专门用于资助贫困儿童继续求学。这次活动让我真切感受到，每个人心中都有一颗爱的种子，只要有合适的环境，它就会发芽、生长、开花、结果。

2019年：一次青海之行，唤醒儿子的慈悲心

2019年7月，我带着11岁的儿子从苏州坐火车前往青海，参加成长之树的公益夏令营和走访活动。我们深入黄南藏族自治州同仁县，观看孩子们的歌舞表演，之后走访了数户受助家庭。在走访第二个家庭时，我们了解到：一位30岁的年轻母亲，丈夫因车祸去世后，她和四个孩子被婆家赶出家门。一家人靠好心人提供的一套小房子勉强安身，却始终无力偿还欠款。听到这些故事，我儿子悄悄走到一旁哭了。他第一次真正感受到，世界上还有那么多孩子在艰难中成长。这次经历，他心中种下了一颗悲悯的种子。

2020年：在事业转型中播撒公益的种子

2020年8月8日，我加盟大童保险服务，创建风险管理事务所，举办了"事业转型发布会"。我希望这场发布会更具公益意义，便向当时苏州分公司总经理水国权先生建议，在成长之树设立"大童爱心基金"。水总很快拍板支持，启

动资金一万元，并倡议全体顾问自愿捐助，每签一张长期险保单，就向成长之树捐出10元。这项倡议得到了大童苏州全体伙伴的积极响应，也让我看到：保险行业本质上就是一个"从善利他"的行业，与成长之树的牵手，彼此加持、彼此成就。它们都是爱的传递，也是希望的延续。

十二年，承载了太多心血与感动；十二年，也只是我和成长之树故事的开始。感谢所有与我一起并肩前行的朋友！未来的时光，我仍愿继续陪伴这棵公益之树，继续传播爱的信念，与更多有爱之人一道，在通往美好的路上，彼此温暖，心心相印。

那年盛夏心中种下一棵树

杜柳豫

那是我孩子读幼儿园的最后一个暑假。看着他即将迈入小学，开启人生新阶段，我满脑子都是如何陪伴和助力他成长的思考。我像一个在黑暗中摸索的行者，渴望找到一盏可以照亮前路的灯。

于是，我打开了微信，输入关键词"成长"。就在那一刻，"成长之树"这四个字，像一颗闪耀的星星跃入眼帘。它让我怦然心动，毫不犹豫地点开关注，沉浸在一篇篇真实而温暖的文章中。没多久，一则"前往青海发放助学款"的志愿者招募信息深深吸引了我。出于本能的好奇与共鸣，我立刻拨通了联系人电话。电话那头，对方耐心细致地讲解组织的宗旨和运作方式，那一刻，我听从内心的召唤，毫不犹豫地报名了。

除自费承担往返交通费用外，我还向组织缴纳了2400元，用于4天走访期间的小交通、住宿等基本支出。就这样，怀着期待与使命感，我踏上了一段关于爱与成长的旅程。

抵达青海的那天，我们走进一所学校，正值下课。孩子们三三两两下楼活动，恰巧与我们迎面相遇。他们齐刷刷地右手贴胸、弯腰低头，用清脆的童音说着"您好"。那一声声问候，如春日暖阳，瞬间融化了我心中所有的不安与疲愈。他们是那样的谦逊而有礼，让人动容。

之后我们便开始马不停蹄的家访。每一年都有新的孩子加入成长之树的资助候选名单。为了做到真正精准帮扶，我们必须实地走访，深入了解每一个孩子的家庭现状。然而，当我们走进那些孩子的家，一种强烈的反差扑面而来。简陋的房屋，寂静的氛围，缺席的亲情……许多孩子年纪尚小，便已失去父母中的一方，甚至双亲。有的孩子习惯了沉默，有的早早学会坚强。命运在他们的童年留下了太多沉重，却无法熄灭他们求知的渴望。

我翻看着家访记录本上一个个写满期待的名字，内心被一种说不清的力量填满。没有犹豫，我当即在线注册为成长之树的会员，并成功资助了第一个孩子。

行善，从来不是惊天动地的壮举，而是一种自然流淌的生活态度。它像吃饭、刷牙、睡觉一样，融入我的日常。于我而言，善意早已不是一种选择，而是内心的一部分，是对生命、对人性最自然的回应。愿我们都能在自己的节奏中，自然地遇见，自然地行动，自然地温暖彼此。

行至暖处　树在心中

陈鹤兮

2020年初春,疫情骤至,全国按下暂停键。那段日子,小区尚未封闭,我和几位邻居围坐在家中,喝茶闲聊。也就在那时,"成长之树"这个名字第一次走进我的生命。

邻居们聊起,他们每年都会通过"成长之树"资助一些学生。有人说,这个平台有一个让他震惊的地方——"捐款100%发放,不扣除一分钱的管理费"。我愣住了。因为在国外多年,我参与和接触了很多公益组织,从来没见过一家完全不提取管理费用的机构——即便合规合情,也是运作所需。而这个"成长之树",是如何做到并坚持十多年?

送走邻居后,我立刻打开成长之树的公众号和官网。那句"感谢孩子们给了我们表达爱的机会"让我热泪盈眶。当晚,我注册账号,选择了几个等待资助的孩子,毫不犹豫地完成了资助。

回望过往,从在苏州高中创立爱心社团,到大学时在海外参与Food Bank(食品银行)、助农、募捐、义卖、环保等各种志愿活动,公益于我,从来不是偶然的插曲,而是一种植根于内心的反射。而"成长之树"——这个朴素、克制而真诚的组织，则让我重新点燃了对公益的深刻热爱。

到了夏天，我已经把成长之树的官网和公众号上的每一篇文章都读了个遍。这棵春天在我心头种下的"树"，在盛夏愈加枝繁叶茂。它是干净的、纯粹的、真诚的、内敛的、仁爱的，像极了一个儒雅的君子。而这个组织的创始人汤老师，也正如其名，是"成长之树"精神的写照。

我了解到：每一位"小树"（成长之树的受助学生）和受助老师的信息都由志愿者实地走访核实，逐一登记；所有助学金由志愿者亲自发放，并要求小树本人签字，确保善款不被挪用；成长之树的所有运作成本由理事会成员自愿筹集，确保全部善款百分之百直达孩子手中；很多被帮助的小树，后来成了当地的老师，让"读书的希望"代代相传。

比起这些制度设计，我最敬佩的是成长之树的"悲悯之心"：孩子的信息严格保密，连助学信封上都不写名字，只用编号。这个组织没有拿孩子们的困境做宣传，没有让痛苦成为流量的通行证。他们保护的是孩子的尊严——这是这个时代最稀缺也最珍贵的善意。

这样一个组织，我怎能不爱？我希望更多的人知道它，参与它，支持它。到了6月，在一个微风轻柔、阳光炽热的午后，我决定以我所在企业的名义加入其中，为成长之树贡献力量，为更多孩子争取希望。

当时，我刚刚接手锐嘉科技这家新加坡公司的运营一年半，公司刚突破初创期迈入稳定盈利。我没有多等，哪怕只是微薄之力，我也愿意尽早尽快地把它投入这棵"成长之树"的沃土中。

如今，四年过去，我们每年仍在坚持资助那些"小树"，看着他们一点点茁壮成长。而我的公司，也如这些小树一样，悄然抽枝展叶。而今年，一个既令人欣喜又让我诚惶诚恐的任命到来——成长之树邀请我担任无锡地区负责人。欣然接下的同时，我也深知责任在肩。过去因为工作繁忙，我没能参与更多一线事务，而如今，这似乎也是成长之树给我的一次反哺——它让我可以更深地走入这份使命，去兑现心中那个一直以来的念头：温暖皆如我，天下无寒人。

成长之树帮助的孩子们给予了我们表达爱的机会。而这份被信任的责任，亦是上天给予我的一次回馈和感召。我愿继续为这棵"树"浇水施肥，也愿它庇佑更多渴望光明的小树苗，破土而出，昂然生长。

一善染心　山海为路

陈珍芳

　　人与人之间，总有那么一些突如其来的缘分。可若干年后，与成长之树的创始人汤老师一起喝酒聊天时，不禁感慨：哪有什么"偶然"，分明是冥冥中的注定。柳宗元说，"善恶不可以同道"，我想，"善善可以"。所谓"一善染心，万劫不朽"，我心有所动，便决定顺着这个感动，走一程看看。

　　起因是一场直播。2020年初秋，我在武大学妹FAFA的公益直播里，看到了那些只在影视剧中出现过的山区画面，听着她娓娓道来，内心忽有所动。于是，2020年9月底，我和十几个素未谋面的小伙伴启程，前往贵州毕节市，开始了我与成长之树的缘分旅程。

　　一路颠簸，一路适应，也一路感慨。从分组、定岗、联络校方，到走访家庭、发放善款和物资，现实的种种冲击让我直面那些曾遥不可及的生活图景：屋顶漏雨时孩子们如何入眠？两小时山路上，一双布鞋怎么撑得住？放学回家，是先放牛放羊，还是赶紧蹲在角落写作业？

　　思绪纷乱时，孩子们的笑声把我拉回当下。当我站在教室前，读出成长之树写给他们的一句话："叔叔阿姨们不需要你们回报什么，只愿你们健康快乐长大，如果未来手有余力，可以将这份爱继续传递下去。"那一刻，我看到窗前阳光下，孩子们笑着手舞足蹈，暖意在心头缓缓升起。

这趟公益行对我触动极大。活了四十多年，做了十几年公益，从不在口头提及"公益"二字，只因自觉微不足道。后来将这个想法说给汤老师听，他郑重其事地回我："一个人可以走得很快，一群人才能走得很远。传播和分享，本身就是一种力量。"那一刻我明白了，成长之树之所以坚持了这么多年，是因为我们都在这条路上，默默坚持，一边前行，一边分享。

回到城市之后，我开始主动承担成长之树的一些工作：时而志愿服务，时而撰写分享，直至某年年会，在台上讲述自己的公益之路。那时我意识到，我和成长之树的关系，已不再是偶然的参与，而是岁月中深深链接的同行。也因此，我开始思考：还能为山区孩子们做什么？除了善款善物，孩子们的心理健康是否有人关注？那些在艰难环境中坚持教学的老师们，是否也需要陪伴与支撑？

2022年初春，缘分再次悄然而至。我和汤老师重逢，同行的还有心灵家园的陈志杰老师。几句交谈后，我们当即敲定了一项"为赫章山区教师量身打造的心理培训项目"：不仅帮助老师们参与全国心理咨询师证书统考，也手把手教他们五种基础且实用的心理辅导方法。

同年7月下旬，我与陈老师、小朱老师奔赴赫章县，五天内完成了这项听起来"大胆而不可能"的培训任务。这是我与赫章的第二次邂逅，却已是我与成长之树的第N次缘分。那一刻我知道，这份缘分，会继续延续下去。

果然，2023年3月，当成长之树的青海泽库之行临时缺志愿者时，我没多犹豫就报了名。赶时间、赶计划，连夜动身。没想到第二天晚上，我就出现严重高反，所幸住在县城一间带氧气的酒店，在深夜求助电话中，服务员启动了酒店历史上第一次氧气装置使用。不敢惊扰同行伙伴，心里始终挂着14所学校、144个孩子、十几万元助学款的分发任务，以及几百公里的山路走访。那几天，我靠着信念、药物与意志支撑，一步步走完了原以为完不成的旅程。

在风里，在雨里，在缓慢颠簸的山路间，我再一次看到孩子们纯真的笑容。离开那天，从车窗反光镜中望见孩子们久久不肯离去的身影，泪水终是决堤——那些在艰苦环境中依旧对生活充满热忱的眼神，像极了山谷中即将破土的春苗，悄无声息，却蓄势待发。

这是我和赫章的缘分，是我和泽库的缘分，更是我与成长之树、与无数孩子深深缠绕的缘分。我相信，从今往后的岁岁年年，我都将心有所系，爱有所盼。身在这头的我，心却早已停在山区那头你挥手微笑的地方，身离，心不离。

一次邂逅　十年携手

樊　静

网上偶遇：一次点击，开启十年缘分

2012年3月的一天，我在微博冲浪时，偶然刷到一位名叫"汤永坚"的用户发布的助学信息。内容翔实，逻辑清晰，图文并茂，立刻引起了我的关注。更有趣的是，那条微博里还有汤老师的照片——大脑门、大眼睛、圆圆的脸，怎么看怎么像是个"靠谱好人"。于是我与成长之树结下了不解之缘。

躬身入局：感谢孩子们给我爱的机会

关注、转发成长之树的微博半年后，我开始参与组织的线下活动。2013年元旦，我向小宗和小何两位学生支付了第一笔助学款。从此，这份爱心开始有了温度、有了方向。说实话，能有机会去爱、去帮助，是一件让人喜悦的事。感谢这些孩子，让我有机会表达心中那份柔软而真挚的情感。

接下来的几年，我可以毫不夸张地说，几乎把所有的业余时间都投入了成长之树的助学工作中。策划第一个大型户外"足尖上的温暖"捐助活动、苏州首次公益徒步、"多校联合捐书"活动、理事年会、亲子公益体验活动……宣传、文案、主持、组织、落地，我乐在其中。那时会员不多，组长组员们常常聚会交流，氛围简单而热烈，满是心与心之间的靠近。

当然，也曾有过争执和碰撞。记得有一年团队会议，大家商讨是否开展"同步教学"项目，我和汤老师意见分歧激烈，甚至一气之下中途离场。但后来项目顺利开展，还得到了许多学校的认可和欢迎，我们也因此更加理解彼此的"轴"和"执着"。

现在回想，那些年一起奋斗、争吵、欢笑的时光，都是记忆中珍贵的碎片，令人怀念。

信任背书：从我一个人，到影响一群人

对我而言，选择成长之树，不仅是情感上的选择，更是基于信任的选择。助学款项公开透明，每一笔支出都有迹可循，我愿意年复一年为它发声、奔走。除了家人的支持，十多位同事朋友因为信任我，也陆续加入了这场爱的接力。他们成了资助人，也成了"大树"。

其中几件小事让我至今难忘：一位同事王老师，听说一个小树女孩想当老师，立刻一次性捐助6000元，鼓励她追梦；我的医生朋友刘博士，不仅自己资助了许多孩子，还常年在自己有五六十万粉丝的微博账号上主动为成长助学发声宣传。

2018年年末，我向元禾辰坤基金管理中心的部门主管介绍了成长之树。仅几个月后，元禾公司便以每年10万元的形式持续捐助。除此之外，他们还额外拨款，为资助学校添置了办公桌椅、床铺，甚至铺设了操场。

这些来自各方的善意，都是对"成长之树"的肯定和回应。

新的身份：见证成长的另一种方式

2017年，我担任了成长之树的监事会成员。自2018年至2023年，我连续五年撰写监事会报告。这段经历让我从另一个角度，更加全面地了解成长之树

的快速发展：从人员队伍到资金来源的多元化，从项目内容到活动形式的丰富创新，这棵"树"在阳光与风雨中，正以破竹之势茁壮成长。

这份成绩，离不开每一位默默付出的爱心人士，更离不开那些年轻、真诚、充满热情的志愿者们。他们让我看到公益事业最动人的底色。

十年回望：愿你不变的，是真诚与初心

十年过去了，成长之树早已枝繁叶茂，成为庇护万千孩子的参天大树。而我，也从一个转发微博的陌生人，变成了这棵树的一部分。

今天，我仍希望成长之树永远保持最初的模样：真诚、善良、公平、无私。我也会继续怀着沉甸甸的情感，追随她的步伐，继续走下去。因为，有一种温暖的力量，值得我们终生守护。

笔墨有情　光照他人

—— 顾林男的公益之路

黄静玥

在喧嚣的尘世中，总有一些人，如同温润的玉石，以他们的善良与才华，悄然照亮着周围的世界。书法家顾林男老师，正是这样一位"君子如玉"的存在。他的书法作品灵动俊逸、气韵生动，令人观之忘俗。而更可贵的是，他用才情和善心将艺术化为桥梁，为公益赋予了更加深远的意义。

初识"成长之树"：一次拍卖，一场心动

2016年1月6日，顾林男老师应南社研究会张夷老师之邀，捐赠了一幅书法作品，参加成长之树在苏州相城区白金汉爵酒店举办的"博爱牵手，让爱传递"慈善之夜活动。这幅作品在拍卖中以6000元成交，所得善款全部用于资助山区孩子上学。

这一次的善举，悄然开启了顾老师与成长之树之间长久的公益缘分。从此以后，他不再只是书法家，更是一位成长之树的温暖同行者。

2023年5月19日，通过朋友阙文政的介绍，结识了成长之树的创始人汤老

师，顾老师对成长之树有了更深入的了解。当他得知这个组织十余年来已帮助超过一万名学生完成学业时，深感震撼。他说，那些因为贫困曾濒临辍学的孩子，如今能继续坐在教室里，眼中有光，手中握笔，这是一件何其有意义的事。

公益同行：以墨为介，以心为光

多年来，顾林男老师积极参与成长之树组织的各项公益活动，包括公益徒步、理事会、志愿者大会、公益拍卖等。他不仅多次捐赠自己的书法作品，还亲身参与活动，与一众志愿者共同为爱助力。

在活动中，他常常被身边的会员所感动：无论是捐赠拍品的阙文政、李新文、赵明等老会员，还是频频举牌认购拍品的爱心人士，抑或是热心投入活动组织的志愿者，每一个人都在用实际行动诠释"让爱传递"的初心。

顾老师说，每次翻阅活动现场发放的会刊，看到一个个真实的故事，他对成长之树的敬意就更深一层。这个组织，不张扬、不浮躁，善款公开透明，甚至连办公室都舍不得开空调，却把每一分钱都用到了真正需要帮助的孩子身上。他常说："这是一束光，不仅照亮了孩子们的路，也温暖了我们自己的心。"

"艺术之道，爱心之道"

作为艺术家，顾林男老师始终坚信，艺术不仅是审美的表达，更是连接人心、传递温度的桥梁。在成长之树，他找到了这一理念的具象体现——这里的每一次拍卖、每一幅作品、每一份捐赠，背后都承载着深切的人文关怀与社会责任。

他感慨地说："成长之树不只在帮助孩子们成长，也在帮助我们成长。它提醒我，在这个快节奏、高压力的社会里，依然有那么一群人，愿意为陌生人默默付出，这种力量让人感动，也让人安心。"

愿善意永续，愿星光不负

如今，顾林男老师不仅持续以书法作品支持成长之树的公益事业，也用自己的影响力号召更多人关注教育，关心那些仍在贫困中挣扎的孩子。他期待这个平台能把更多有爱的人凝聚在一起，持续为孩子们托起希望的明天。

顾老师如玉，如光，静静守望，默默陪伴。他用笔墨写下美，用行动诠释善；他用艺术托举希望，用仁心点亮远方。愿这份温润的光芒，穿越山川湖海，照亮更多孩子的前行之路。

线上同步教学，传递千里之爱

胡　彬

在教育的广阔天地中，我有幸与"成长之树"公益助学中心结缘。这段经历不仅深刻影响了我的教育理念，也在我心中种下了一颗爱与奉献的种子。

故事要从2016年的那个夏天说起。彼时，我任职于苏州市吴中区东湖小学，正面临如何更好关爱来自农民工家庭孩子的现实挑战。虽然学校坐落于城市一隅，却在繁华中略显孤立，迫切需要更多关注与支持。

就在这个关键时刻，我遇见了"成长之树"的发起人——汤永坚老师。他怀揣着对教育公平的执着追求，正致力于搭建苏州与贵州赫章等地学校之间的线上教学桥梁。初次交谈，他那句"感谢孩子们给了我们一个表达爱的机会"，深深打动了我。那一刻我意识到，作为教育者，我们不仅是知识的传递者，更是爱的使者。

在汤老师的感召下，我与学校教师团队一道，正式加入"成长之树"的行列。我们迎难而上，逐步攻克硬件设备、网络条件、教师排课等问题，开设了语文、数学、英语等基础课程，后来又逐渐拓展至音乐、美术等素养课程。通过远程互动，苏州与贵州、四川的孩子们同上一节课，共答一道题，共唱一支歌。屏幕虽远，心却很近，那份跨越千山万水的教育连接，温暖着每一位参与者。

2019年，我调任长桥实验小学担任校长。成长之树的种子已在心中生根发芽，我便带着这份信念，将同步教学项目引入长桥。我们的教师积极响应，精心准备课程，热情投入直播教学。与此同时，越来越多的同行、家长与社会爱心人士也陆续加入进来，或捐资助学，或参与走访，或提供教学资源与生活物资，用不同的方式汇聚爱心，共同守护孩子们的成长梦想。

在"传递爱"的过程中，我们也收获着源源不断的爱与力量。学校团队愈加团结，教学质量不断提升，老师们在参与中获得了教育的成就感与价值感，学生们也在与远方伙伴的交流中学会了珍惜、懂得了分享。

回望这段旅程，我常常感慨，是成长之树给予了我一个表达爱的机会，也给予了整个校园一次又一次自我成长的契机。它让我更加坚信，教育的真谛不仅在于知识的传授，更在于希望的点燃与爱的延续。而我们每一位参与其中的人，都是这份爱的传递者。

如今，"成长之树"已成长为拥有近六千名资助人、累计资助上万名孩子的公益平台。这份非凡的成就，离不开每一位心怀大爱的参与者。我深感荣幸，能成为其中一员。愿这棵"成长之树"继续枝繁叶茂，荫庇更多孩子前行的路，让这份爱，绵延不绝，生生不息。

我们一起为爱奔跑

胡丽萍

2014年11月，一个偶然的机会，我认识了谭姐，并通过她的介绍加入了成长之树。那时的我，刚来苏州一年多，参加工作不久，是个对未来既迷茫又充满憧憬的单身姑娘。在日复一日的工作中，我渐渐找不到热情，内心渴望着一种更有意义、更能激发自我价值的生活方式。

第一次参加成长之树的工作会议，我就被深深震撼了。这是一个完全由民间力量自发发起的公益组织，当时还没有一名专职工作人员，日常事务全靠志愿者利用闲暇时间打理。我看到的是：白天在各自岗位上努力工作的人，晚上和周末就聚在一起，围绕着"如何更好地帮助更多孩子"展开一场场头脑风暴。

那一刻我明白了，公益并不是遥不可及的宏大叙事，而是可以转化为一个个细微、温暖、具体的行动。这群理性、平和、低调却又充满热情的人，给了我莫大的归属感。几乎没有任何犹豫，我提交了申请，成为一名注册资助人，并很快以志愿者的身份参与到组织的日常工作中。

成长之树之所以让我深深认同，是因为它的简单、纯粹、务实与温暖。无论是资助学生、帮助乡村教师，还是推动同步教学等公益项目，组织始终秉持

"自愿、长期、一对一"的原则，力求让每一份爱心都真实落地。它像一棵根系深厚的大树，一端扎根在苏州这样资源富集的城市，另一端却努力伸向贵州毕节、四川甘孜、江西井冈山等偏远山村，把善意和希望精准送达每一个需要帮助的孩子和家庭。

作为志愿者，我们的工作不仅仅是传递爱心。我们要核实每一份资助申请的真实性，跟进每一笔善款的落实情况，有时甚至要实地走访那些藏在山间的受助家庭。我曾亲手整理过很多孩子的资料：有的因父母患病而辍学，有的因为家境贫寒靠红薯度日，有的每天要翻山越岭走十几里山路去上学……这些真实的故事让我心痛，更让我坚定：成长之树的资助，是切实改变命运的力量。

在众多项目中，我曾深度参与"同步教学"项目，也亲历了这段破茧成蝶的历程。该项目借助互联网和视频技术，将苏州的优质教育资源输送到偏远地区，让更多孩子享受到公平的学习机会。

然而，理想很美好，现实却并不轻松。项目刚启动时，困难重重：技术是否成熟？合作学校是否配合？偏远地区的学校的师生能否适应新的教学模式？团队内部也有不少分歧。但成长之树的伙伴们没有退缩，我们一次次与学校沟通，耐心解释同步教学的优势；我们邀请教师参加培训，帮助他们熟悉设备和新模式；输出优质教育资源的学校的老师也认真备课、用心授课，力求呈现最好的课堂效果。慢慢地，这个曾被质疑的项目，赢得了越来越多支持。

在成长之树的这些年，最让我敬佩的，是那些默默奉献的志愿者。他们没有报酬，没有头衔，只有一颗热忱纯粹的心。特别是在近年来经济形势不稳定、筹款日益艰难的背景下，志愿者们自发策划义拍义卖，动员身边一切资源，一次次完成了"看似不可能完成的任务"。我深深体会到，公益不是一时的感动，而是长久的陪伴；不是一个人的全力以赴，而是一群人的力所能及。

如今，那些与成长之树并肩走过的日日夜夜，如电影般在我脑海中回放。那是一段简单、温暖、真实、充满力量的岁月。我感恩成长之树带来的友谊和成长，也希望将这份影响延续下去。我的两个孩子渐渐长大，开始懂事、会表达了。我希望将来能带着他们一起参与成长之树的公益活动，在他们心中种下一颗小小的种子，愿他们伴随成长之树一起向着阳光茁壮成长。愿成长之树的种子继续撒播，枝繁叶茂，生生不息。

素心怀高洁　蕴玉抱清辉

杜柳豫

大爱同心　慷慨解囊

成长之树与怀玉斋的特别缘分要从今年成长之树面临的困难说起：2023年支付宝公益做了重大调整，导致2024年一对一助学项目产生140万元的缺口。

年初工作团队成员几乎每天都在线上开碰头会，交流想法，琢磨办法，汤老师整晚整晚地睡不着，甚至萌发了去借钱的念头，正当大家愁眉不展时，令人感动的事情不期而至。

甘肃兰州的怀玉斋就是这万千感动中最温暖的团队之一。该组织创始人怀玉老师慷慨解囊，拿出50万元在成长之树设立专项"稳定基金"，来应对成长之树遇到的各种突发状况。他微笑着说：在这个世界上，众生皆苦，我们行于世间，如同同舟之人。怎能不伸手相助呢？"恻隐之心，人皆有之。"公益本就不应分彼此，有缘相遇，能帮则帮。

公益之路　环保先行

怀玉斋有着独特的公益理念。他们不仅仅关注各大公益项目，更注重从身边的小事做起，用点滴的行动汇聚成爱的海洋。

怀玉斋的成员们无论走到哪里，都会捡拾地上的垃圾。这看似微不足道的行为，却蕴含着深刻的含义。"一屋不扫，何以扫天下？"他们用心感悟着捡垃圾的精神内涵：低下头，俯下身，弯下腰，全然地接纳当下，臣服于宇宙和天地。环保是公益的重要组成部分，一个干净整洁的环境是对所有人的尊重，也是对大自然的敬畏。每一次弯腰捡起垃圾，都是在传递一种爱护环境的意识，他们希望能够影响身边的人，让更多的人加入环保的行列中来。

甘南走访　一路同行

2024年7月怀玉老师积极协调车辆，并参加了成长之树甘南藏族自治州迭部县的走访活动。

在传说中山神涅甘达娃用大拇指摁开的那片神奇土地上，走访小组沿着白龙江一路前行，来到被八座山峰环绕的小村庄俄界，找到了一个土墙围着的小院——如地久同学的家。如地久今年11岁，和同龄人相比明显身形瘦小，母亲在他出生后不久就去世了，几年后父亲也因病离世，三个孩子因此成了孤儿，和70多岁的爷爷、60多岁的奶奶相依为命。目前两个哥哥去了当地福利院，由政府抚养，并在州府所在地合作市上中学。如地久被爷爷奶奶留在身边抚养，在乡中心小学上学。全家的生活仅靠奶奶打零工的微薄收入维持……

怀玉老师的心被刺痛了，心里再也放不下如地久的小小身影，他想一定要为这些孩子做点什么，给这幼小的心灵注入一些温柔的力量，哪怕只是一点微光，只要能给他的童年增加一抹亮色，去照亮他未来的人生旅途。

携手共进　向光而行

《了凡四训》所传达的"命由我造，福自我求"的思想是怀玉老师播种爱心、践行善行的重要精神支柱。正所谓："命运非天成，善行可改命。"每天坚持做一件善事，点滴汇聚，终将温润更多人的人生。在怀玉老师的感召下，围绕着"爱"的圆心，画出一个又一个充满温情的同心圆，让越来越多的人加入公益的大家庭中。

爱没有边界，不分种族、地域、身份，唯愿人心相通、善意相随。只要心中有爱、愿意伸出援手，就能为世界带来更多温暖与希望。正如怀玉老师常说："公益是一场携手共进的长征，只有相互扶持，才能走得更远。一个人的力量或许微小，但众人同行，便可汇聚成改变世界的洪流。"

从心出发　遇见美好

黄继红

正如汤老师在2024年会刊中所说："或许我们所做的一切，并不需要感动中国，只要能让需要帮助的人感受到爱，就已经足够了。"这朴实而真挚的话语，深刻诠释了成长之树的精神，也道出了每位志愿者心中对美好境界的向往。每当读到这段话，我都会感到内心被深深触动和鼓舞。

前些日子，受刘剑组长邀请，我参加了成长之树为品学兼优但家境困难的孩子举办的募捐直播活动。在活动现场，我深深感受到了每一位热心公益人的温暖与力量。大家遵从内心善良的召唤，用爱心和热情为孩子们在灰暗的生活中点亮一束希望之光，并与他们一起迎接更美好的未来。

作为加入成长之树十余年的老会员，我有幸见证了这份爱心带来的奇迹：从最初仅帮助几百名孩子，发展到如今已经帮助了超过13000名孩子，其中有1000多名孩子考上了大学。这不仅仅是援助人数的飞跃，更是爱心和希望在社会中广泛传播的见证，也将无数颗心灵紧紧联结在一起。而在我眼中，这就是成长之树最美的画面。

多年来，我结识了许多志同道合的会员，他们怀着满腔热情和真挚的关爱加入进来，也正是这股不竭的动力推动着成长之树这个大家庭不断壮大。近年来，我积极参与并与成长之树联合举办了各式各样的公益活动，比如梦想教室、STEM课程（融合了科学、技术、工程和数学的跨学科课程）、为爱奔跑、99公益日、大润发义卖、教练公益募捐、生日庆祝、企业联谊、年会以及网络直播等。通过一次次活动，我看到了一个个纯真的笑脸，感受到了一个个温暖的心灵。在成长之树这个温暖的大家庭中，我们每个人都是爱的传递者，每一份爱心都绽放出最美的花朵。

让我们继续从心出发，用行动告诉世界：爱无须声张，却能照亮人心；善无须宣扬，却能温暖世界。与此同时，让我们继续努力，不忘初心，让更多爱与善意汇聚成改变世界的力量。成长之树是我们共同的大树，让我们在这片爱的沃土上种下希望的种子，共同收获更加美好的未来。

我终是在这里找到了答案

黄静玥

　　我认识"成长之树"，大约是在2013年，那是我大学毕业的第四个年头。那时参加义工联活动时，一位小姐姐向我提起了这个组织，说他们专注于资助贫困地区的孩子读书，还推荐了平台链接给我。出于好奇，我点开看了看——一个个真实的孩子故事映入眼帘，我竟可以自己挑选要资助的孩子。就这样，我资助了一个小男孩，心里竟生出几分"我有了第一个孩子"的新奇与悸动。

　　我开始关注他的成绩，满心期待。但让我失望的是，几次成绩单上，他甚至考出了个位数的分数。虽然我知道成绩并不能衡量一切，但那时的我，开始动摇了。我开始质疑：这样的资助还有意义吗？他将来能"成材"吗？我能看到希望吗？我挣扎了一阵后，停止了资助。

　　直到2021年，我自己的孩子也读到了幼儿园大班。调皮、淘气、不听话，这些"令人头疼"的小事却也让我重新理解了孩子的本质。我忽然想起那个曾经资助过的小男孩——他是不是也和我孩子一样贪玩？是不是因为成绩差就被放弃了？是不是因此失去了继续读书的机会？

　　一种说不清的愧疚萦绕心头。我再也无法看到他的成长轨迹了，但我不愿再错过第二次机会。于是，我重新选择了一个女孩子来资助。她成绩不错，是劳动委员，看得出是个勤劳踏实的孩子。我暗下决心：这一次，无论她成绩如何，我都要陪着她，一直到她不再需要资助为止。也许这更多是为了补偿上一段关系里我没有完成的承诺。

2023年，我又资助了一位小男孩，"儿女双全"的满足感油然而生。后来，我还推荐了我的朋友徐靓加入成长之树。

真正与成长之树的小伙伴们相识，是在2023年。我当时受朋友所托，想找一个值得信赖的公益机构，于是联系上了汤老师，我们约在高姐姐的公司见面。巧合的是，那天正逢成长之树会刊编辑部的会议，高姐姐可能误以为我是新来的编辑，就顺势叫我也参加了。会议结束后，我"糊里糊涂"接下了一项采访任务。

没想到，这一次"误打误撞"竟开启了我与成长之树更深的连接。从一次次采访，到参与线下活动，我渐渐理解了这个组织的真正意义。

有人告诉我：孩子不是不想读书，而是家里太忙，要做饭、干农活，还要照顾弟妹，读书的时间少之又少；也有人说：不是山区的人不勤快，而是语言不通、交通闭塞让他们很难出去打工；还有人分享：我们资助的意义，不是为了让孩子"出人头地"，而是为了让他们在该读书的年纪，好好读书。哪怕只是多读一点，也许就能让他们的一生不同。

在这里，我看到太多"值得"：有人放弃了休息时间，出钱、出力、出物；有人冒着风雪翻山越岭，只为一次走访；有人带着自己的孩子参加活动，身体力行地教育下一代什么是善良与责任。

在大家的感染下，我也想贡献一份力量。虽然不擅长写作，我还是偶尔投稿；虽然害羞怕出镜，也咬牙做了直播；虽然不善长言辞，也主持了一次又一次的活动。每一次挑战，对我而言，都是成长。

我终于找到了答案。曾经我以为，最好的文案是那些奖状和录取通知书，是孩子们成功的证明。但现在我觉得，最动人的文字，是我们这一群人始终走在一起，有说不完的故事，诉不尽的温情；最美的风景，是那些孩子脸上的笑容，是他们读书后更加明亮清澈的眼神。

　　我终于明白，做公益、做好事，并不总需要一个明确的理由。有时候，只是因为心中有一份纯粹的爱，就足够了。我也希望，自己能像成长之树的其他伙伴一样，无私助人，活成一道光。也许微弱，却温暖；也许普通，却闪亮。

远程教学：一个表达爱的机会

蒋 欣

不久前，我收到了一条来自"成长之树"的短信："明天是您的生日，也是您加入成长之树的第三年，送上我们的真诚祝福，祝您生日快乐！也感谢孩子们给了我们表达爱的机会。"看到这条短信，我的内心泛起温暖的涟漪。那份不动声色却直抵人心的关怀，把我带回了三年前，那个秋天的午后。

2019年8月，因为工作调动，我从原岗位调至苏州市吴中区东湖小学，也因此认识了汤永坚老师。正是在他的介绍下，我第一次听说"成长之树"，这是一个由社会热心人士发起并正式注册的民间慈善组织，致力于帮助贫困家庭的中小学生顺利完成学业。随后，我又认识了张老师、陈老师等几位志愿者，逐渐走近这个温暖而有力量的公益团体。

真正与"成长之树"结缘，是因为学校安装了一套远程教学直播系统。这套系统让我们的老师在为本班授课的同时，也能将课程同步传输给远在贵州山区的孩子们，让他们一起听课、互动。我第一次通过屏幕看到千里之外的孩子专注听讲的模样，那一双双渴望的眼睛深深打动了我。从那一刻起，我与"成长之树"的联系变得紧密，也更加深刻。

2020年，我调任至吴中区横泾实验小学工作。希望能让更多老师参与这项有意义的助学活动，我便与汤老师沟通，决定在横泾实验小学也建设一套同步教学设备。从2021年春季学期开始，学校有序安排老师进直播教室授课。

为了让课程更具针对性，我们教导处会提前通过"成长之树"了解受援学校的具体需求，再结合学科特色和教师特长，精心选定授课教师和时间，制定整学期的课程表，并同步给"成长之树"及对方学校。

每次直播课，我几乎都会全程参与听课。透过屏幕，我看到贵州的孩子们和我们的学生一起举手、回答问题、欢笑互动。这种跨越千山万水的连接，是"成长之树"所搭建的一座爱与教育的桥梁。而在桥的两端，不只是给予，也有深深的回响。

最让我感动的是：我们的老师不但没有抵触这种"额外工作"，反而越来越积极。很多老师主动报名参加直播授课，有时甚至因名额有限而感到遗憾。大家都说："这不只是一堂课，而是一个表达爱的机会。"我深以为然。

更让我欣喜的是，学生们也因这项活动而成长。通过直播课，他们了解了偏远地区孩子的真实学习状况，也更加珍惜自己的学习环境。在2021年"99公益日"活动中，孩子们在父母的鼓励下，用自己的零花钱参与捐赠。不少家长被孩子的行为所打动，也加入献爱心的队伍中。尽管一元、两元并不多，但那一刻的孩子，不只是捐出了一份善意，更是在心中种下了一颗"懂爱、会爱"的种子。

这三年来，我见证了"成长之树"的坚守与拓展，也亲身感受到这个平台带来的精神力量。它不仅帮助了远方的孩子，也让我们这些普通教师，在教学之外，拥有了另一种价值的实现。

"感谢孩子们给了我们一个表达爱的机会"——这句看似简单的话，我在无数次直播课堂和助学活动中，越来越深刻地理解了它的意义。

感谢"成长之树"，让更多的人在给予中学会了爱，在连接中找到了温暖，在陪伴中收获了成长。愿这棵根植人心的大树，继续枝繁叶茂，庇护更多渴望知识与关爱的孩子；而我，也将一直在这条路上，与你同行。

我们成为彼此照亮的光

金 芳

故事开始于2016年夏天。我在朋友圈看到一条关于"成长之树"的推文，是关于山区助学的介绍。那时的我，是苏州小动物保护协会的志愿者，虽然从未接触过助学，但第一眼就觉得这件事很有意义，于是点开、了解、加入。

记得我刚进群，问的第一句话是："请问这是个怎样的组织？我们如何助学？"汤老师简单回我一句："多看看就知道了。"我开始每月参加成长之树的例会，渐渐了解更多。

2017年2月，汤老师问我："甘肃平凉有个走访，你要不要去看看？"我立刻答应了——我想看到真实的情况。于是和汤老师、黄爱群老师一行人，坐了26小时绿皮火车，晃到了平凉。

那是一个白雪皑皑的山村，冷得刺骨。我们走进一户孩子的家——土坯房，没有沙发、电视，更别提空调。全家围炉取暖。男主人从抽屉里掏出一小袋红糖，说要给我们泡红糖水暖身。那可能是家中唯一一拿得出手的待客之物。我们婉拒了。孩子穿得很单薄，鼻涕直流。屋里昏暗，但墙上一排排奖状却熠熠生辉。

那趟走访回来，我下定决心正式加入成长之树，既成为资助人，也成为志愿者，参与各种活动，年年走访。

我原以为走访是由组织报销的，后来才知道都是自费。起初我疑惑："为啥我出时间又出钱？"汤老师说："如果你自费，就会公正客观地评价这件事，而不是因为拿了成长之树的钱，反过来替它说话。"我觉得，这话说得很有道理。

2018年，我去了贵州德卓。那是一段艰难的旅程，从机场出发，山路十八弯，足足开了七小时。我们住在一个30元一晚的大通铺招待所，唯一的公共卫生间充满异味。对我来说，是非常难熬的一夜。

3月的贵州很冷，那天还下着雨。孩子们没伞，冒雨来到学校，有的甚至赤脚穿着拖鞋，脚冻得通红。我们穿着防风衣都觉得冷。看着他们，我悄悄背过身去擦泪，再转身发助学款。

孩子们带我们穿过田埂泥路去家访。无论哪家，都一样贫寒，家徒四壁。主食除了土豆还是土豆。中午锅里是些酸菜和芸豆，一点油水都没有。孩子们又瘦又小，有点羞涩却又渴望靠近。

很多家庭是单亲。妈妈生了几个孩子后，扛不住重负，就走了。留下的孩子得照顾弟妹、做家务，几乎耗尽力气。他们太小，却已经肩负生活的重担。我们能做的，真的太少太少。

这七年来的每一次走访，我都用心记录分享现场的真实情况。我的文字影响了一些朋友加入了助学的队伍。后来，我成为苏州18组的组长。

也常有人问我："有些孩子成绩不好，助学还有意义吗？"

这个问题，我和当时7岁的儿子讨论过。他回答："当然有意义！他们会知道这个世界上，有人关心、爱着他们。等他们长大，有一碗饭吃，也许就愿意分出半碗给没饭吃的人。"我听了泪目。让孩子心中有爱，愿意关心他人、回馈社会，这就是意义。

我很感谢成长之树这个平台。因为它，我结识了许多温暖有光的朋友，也成为一个有温度的人。我的孩子在耳濡目染中学会了体贴和理解，亲子关系也越来越好。世界之所以美好，是因为我们都在默默付出真心。让我们继续并肩前行，和成长之树一起，为孩子们撑起一片希望的天空。

助人如饮水　乐道自怡神

李红英

十年，仿佛一瞬间，又似乎漫长无比。对于我，这十年是与"成长之树"紧密相连的十年，它见证了我的成长，也见证了我对公益事业的热爱与坚持。

缘　起

2008年"5·12汶川大地震"深深触动了我，让我认识到自己能为社会贡献绵薄之力。在福州工作期间，我参与了红十字会的募捐活动。尽管后来因公益信任危机而受挫，但2012年加入苏州义工联后，我的公益之心再次被点燃，开始积极参与各类公益活动，如去养老院送祝福、陪伴老人，给农民工子弟学校学生做家教，担任马拉松志愿者，参与环保徒步活动等。几经尝试，我一直在寻找一个能够长期深耕、持续发力的公益平台，直到遇见"成长之树"。

2015年3月春风拂面，我第一次以苏州义工联环保志愿者的身份参加了"成长之树"的大型义卖活动，为山区孩子筹集读书资金。当时这个组织仅有一名全职工作人员，其余皆为志愿者，这种纯粹、热忱、透明的氛围让我印象深刻，心生向往。

奔 赴

随后一年，我深入了解成长之树的助学理念与运作模式，并参与了苏州本地的资助和走访活动。这个组织始终恪守这些助学原则：不图名、不图利，财务公开透明，一对一按需助学，保护隐私，助受双方不直接联系，不收管理费，坚持长期助学。这种严谨与真诚让我深深认同。

自此，我成为成长之树的铁杆志愿者，利用下班时间、周末和假期，带着孩子一起到园区办公室整理捐赠物资，参与各类行政支持工作；旁听会议，参与监事会，抽查助学款落实情况等。

我充分发挥计算机专业所长，承担起技术支持任务：邮箱问题、网站维护、信息更新、学生资料导入、公众号管理等。其中最具挑战的是2015年冬季的新官网上线工作，涉及五年积累的大量数据迁移和匹配，我们连续加班，终于如期上线。这个官网至今仍在不断优化，已成为成长之树的重要工具。

其间，我也参与组织财务管理工作。在毫无经验的情况下接手账务，正是汤永坚老师的信任让我义无反顾地承担起责任。这份信任也让我更坚定地投入成长之树之中，从志愿者成为团队一员、资助人，甚至成长为常务理事。

这些年来，我走访了苏州多个区的贫困学生家庭，也远赴四川石渠和贵州赫章，为孩子们送上爱心款和温暖信件。有时还会带动身边的"码农"朋友开发小程序，提高工作效率。从年会签到、义卖活动、环保倡导，到腾讯99公益，我始终在现场，始终在路上。

走 访

2023年3月底，我走访了海拔4500米的四川石渠县。这片"太阳部落"的高原土地上，孩子们的生活条件极其艰苦：家中没有床，有的仅是地铺或木板；靠烧牛粪取暖；主食是糌粑；缺乏厕所设施；很多家庭因病致贫。最难忘的是一位九年级女生，父母早逝，由年迈外婆抚养长大。她成绩优异，墙上贴满奖状，安静而懂事，令人动容。

2024年3月底，我又前往贵州赫章县的多个乡镇。最触动我的是六曲镇一位二年级女孩，与五年级姐姐相依为命，住在破旧土房中，家徒四壁，饭菜变质。那一刻，我无言以对，只觉得责任更重。

这些走访经历让我感同身受，仿佛回到自己的童年。贫寒与坚韧、无助与希望交织，我更加珍惜现在的生活，也更坚定了前行的信念。

改　变

在2023年石渠回程途中，我们路过玉树，入住一家藏族酒店。前台接待我们的藏族女孩，第二天主动告诉我们，她曾是成长之树资助的学生，如今在玉树打工，她的弟弟也仍在接受资助。那一刻，我们激动万分。她已能流利讲汉语，靠自己工作生活，不再局限于干农活，这就是助学的意义。

看着一棵棵小树健康成长，我们欣慰而自豪。也许我们无法改变整个世界，但我们能改变一点点。这一点点，汇聚成希望之光，照亮未来的路。

正如乔布斯所说："你不可能从现在的点看到未来，但回首看时，你会发现它们终将连接起来。"

缘　续

看似我为成长之树付出了许多，其实，是成长之树成就了我。它是我奉献爱心的平台，是我精神成长的摇篮。它教会我相信人性中的善、爱和坚持。

十年行善路，心系万家春。助人如饮水，乐道自怡神。不问前因后果，常怀济世仁。

未来，我愿继续同行，为更多孩子送去希望与温暖。

"陆大抠"捧出一颗"舍得心"

陆云霞

2014年，那时的我还在一家外企，每天忙碌于商业数据、工作报告和团队管理。日子匆匆，理性至上。当成长之树找到我，希望在我负责的商场举办义卖活动时，我爽快答应了。那一刻的动机其实很简单：这活动看起来挺正能量的，写进我的月度工作报告也挺好。

我一向节俭，甚至到了"抠门"的地步。节约到什么程度呢？吃完饭擦嘴，只舍得用半张餐巾纸；家里的肥皂头绝对不扔，要粘在新肥皂上接着用；打出租时，司机四舍五入少找我1元，我能跟他较真好半天。于是，江湖人称我"陆大抠"。我每天都紧紧捂着钱包，小心翼翼地过着我认为不太美好的生活。也许是老天垂怜，派来了成长之树，让我有了一个机会，触碰内心柔软的地方。

2014年年底，我受邀参加成长之树的年会，听到志愿者们分享走访的经历，内心极为震撼。在随后的拍卖环节，我第一次慷慨举手，拍下了一瓶红酒。那一刻，我突然意识到"给予"竟然可以带来这样的满足。于是，我成为成长之树的一名会员，开始资助一个小学生。每年600元的助学款虽然不多，但对我而言，它是我打开"舍得心"的第一步。

后来几年，我与成长之树的联系不多。但我知道，那颗"慈善"的种子，已经在我心里扎根发芽了。有一次，我买彩票中了400多元，我第一时间拉着儿子一起捐给了壹基金的"保护金丝猴"项目。

说来也怪，那几年我的运气出奇地好，事业顺风顺水，投资也颇有收获。我的生命状态也悄然发生了变化：我不再那么紧绷，开始懂得放手；我不再那么防备和焦虑地面对这个世界，而是学会看到世间的美好。

2018年6月，我毅然辞去了在那家"浴血奋战"九年的公司工作，投身传统文化的学修。在这个过程中我总觉得我所学的一切，正是成长之树这些年所默默践行的。正所谓"念念不忘，必有回响"，2021年5月，机缘巧合，我竟然成了成长之树的一名工作人员。从当年的"陆大抠"到如今的"树中人"，成长之树让我遇见了一个更真实、更柔软、更丰盛的自己。

米乐的十年成长之路

朱玮

2014年年底，经无锡一中校友袁校长介绍，我加入了成长之树（上海），从那一年起资助了一位贵州毕节的小学生，从一年级一直陪伴她到小学毕业。2021年，又开始资助一位甘肃的高中生，直到他考上大学。随后几年，成长之树陆续推出了专项资助、老师资助、月捐、直播等新项目，我都积极参与，并从中获得了许多新的感受与启发。

近年，我回到家乡无锡，从今年起正式转为无锡地区会员。1月中旬，我参加了无锡地区年会，之后便协助无锡地区负责人徐校长，一起筹办每月一次的会员生日会。线下活动为我打开了一个新的窗口，让我在短短半年内参与六次活动，结识了许多志同道合的朋友，也重新思考了自己的未来方向。

记得2月生日会的一位寿星，是省锡中已退休的英语特级教师。他每天坚持更新公众号，并将读者的打赏悉数捐给成长之树。这一做法令我深受触动，也恰好与我自己的想法不谋而合——自从成为"小美顾问"起，我就立下一个Flag（目标）：每卖出一台小美，就拿出一半收益捐给成长之树。这不仅是我转行的动力，也为这份新事业注入了更深层的意义。

生日会那天，大家围坐一起包馄饨，我结识了来自无锡四组的夏组长和一中校友大庆师兄。夏组长分享了他在青海走访学生家庭的故事，而大庆师兄则讲述了自己加入成长之树的初衷——那几年，部分公益组织遭遇质疑，公信力滑坡，是他在朋友推荐下找到了值得信赖的"成长之树"。

而我在向朋友们推荐成长之树时，常常会被问："国家不是早已宣布全面脱贫了吗？为什么还需要捐助？"这个问题曾令我一时语塞，直到最近参观无锡"雏鹰自然耕读营地"时找到了答案。营地的创办者提到，他们团队正在为青少年提供涵盖自然、文化、运动等多维课程，目标是帮助孩子拥有更多选择、更可持续的发展路径。受此启发，我也找到了回应的方式：在国家整体脱贫目标完成后，公益的方向应当从解决温饱问题，向更高层次的"成长支持"迈进——给予孩子们精神、视野与能力上的滋养，为他们注入走得更远的能量。

上个月，我与成长之树工作人员及会员前往湖北麻城走访学生家庭，那一程带给我极大的触动。如今农村孩子的物质条件并非最紧迫的问题，真正让他们处于"困境"的，往往是家庭突遭变故导致的失衡，或是父母长期缺位，缺乏陪伴与教育，使得他们内向寡言，虽成绩优异却心理脆弱。这正是成长之树发起"法律援助""心理咨询"等志愿服务队的初衷所在——希望从孩子成长的多方面入手，去弥补父母无法给予的部分。

其实，我们这些成长在城市、经历过社会打磨的成年人，谁又没有面对过低谷与挫折？陈海贤在《了不起的我》中写道："对于经历过挫折的人来说，还有什么比播下种子、收获果实更有希望和重生的意味？"这句话与"成长之树"的名字不谋而合。每次走进山区、走进孩子们的生活，我仿佛也获得了重整自己的能量。大自然的沉静、孩子的韧性、志愿者之间无声的支持……这一切，都是我人生中珍贵的回馈。

曾经我认为，公益应该是低调的、默默无闻的。为此，我在成长之树中取名"米乐"，希望保持一份匿名的纯粹。但直到去年跨年夜，听到罗振宇在演讲中提到立Flag（目标）的意义，我的想法改变了。我开始意识到，分享不是炫耀，而是激励——如果我的行动能鼓励更多人参与公益，那这份"张扬"就有了真正的价值。

2024年，我迎来了加入成长之树的第十年。在这个全新的起点上，我希望能将过往单纯的资金助学，拓展到更广阔的陪伴与成长领域。在这棵大树下，继续和更多伙伴一起，为小树们撑起一片向阳的天空。

十年如一　润物无声
——缪韫的公益助学之路

黄静玥

　　昆山秀峰中学，是当地一所知名的股份制民办中学，秉持"求真、务实、勤学、创新"的校训，培育了一届又一届优秀学子。而秀峰中学的董事缪韫老师，则是一位在教育与公益之间默默耕耘的践行者。

十载助学　初心不改

　　缪老师2013年通过好友介绍，加入了成长之树。从那时起，她不仅持续资助经济困难的学生，还长期资助山区教师，甚至直接参与成长之树的运营资助。她的帮助跨越了地域与身份，只因为内心深处的一份爱与责任。

　　"助学，是发自内心的善举。""这些都是小事，但自己做了就觉得很舒服。""我也记不得资助了多少学生了，很多学生一直资助到高中毕业，然后继续资助新的一批。"缪老师淡淡地说着这些话，而我却在她平静的语气中，读出了一位老公益人的笃定与坚持。

　　十多年，一笔笔善款化作一盏盏灯，照亮一个个孩子前行的路。一个人做一件好事并不难，难的是十年如一日的坚持，而缪老师正是这样一位用行动书写信仰的教育者、公益人。

默默付出　光照他人

在"腾讯99公益日"活动中，缪老师每年都会积极参与。当被问及细节，她却不谈自己，而是反复称赞团队："我看到团队每个人都付出了努力，大家都在做着力所能及的事情。""在成长之树，每个人都是真诚、真心、真实的。"

她感动于昆山志愿者们的热情参与，有些人从不缺席，有些人带着全家一起做公益，"每一位志愿者都像光，温暖坚定，照亮彼此，也点亮孩子们的未来。"

缪老师始终相信，公益是一种无私的接力，是一场爱的传递。"成长之树是一个不为名利、不存私心的组织，资金流向清晰透明，所有善款都能分毫不差地给到孩子们手中。"

在她的讲述中，我仿佛看到了那些被帮助的孩子，有的攻读师范专业后回乡执教，有的成长为志愿者，重新回到"成长之树"的大家庭，传递着接收到的爱与希望。

慈心悲悯　善行常在

除了参与成长之树的活动，缪老师还在昆山当地的心理援助机构担任志愿辅导员，为需要帮助的孩子们提供心理支持。在她看来，公益不只是捐赠，更是陪伴，是倾听，是心灵的守望。

她用十余年的行动告诉我们：公益，是一种胸怀；慈善，是一种悲悯；乐善有恒，是一种信仰。她把关怀洒向他人，如阳光般温暖；把善意递给世界，如泉水般甘甜。我们或许无法消除人间所有的疾苦，但每一个微小的付出，都会让困难在爱的光亮中悄然退散。

缪韫老师，是成长之树的见证者，也是守护者。她以十年如一的善行，悄然滋养着无数孩子的梦想，也为后来者树立了温暖而坚定的榜样。

她的爱，不张扬，却深沉；她的善，不喧哗，却有力。正如那句古语所说："大爱无言，润物无声。"这份温柔而坚韧的力量，值得我们铭记和传承。

在孩子们心中播下善的种子

——南京师范大学苏州实验学校与"成长之树"的公益之缘

高 飞　黄静玥

在"成长之树"迎来十五周年之际，我们走进了一个特别的校园——南京师范大学苏州实验学校。这所学校，是"成长之树"历年来单次募捐金额最大、参与人数最多的团体。

走进校长办公室，简洁而庄重的氛围让人不由自主地挺直了背脊，仿佛重回学生时代。舒校长亲切随和，谈吐中透出一位教育者的理性与温度。学校的成长历程、老师的坚持、学生的变化、公益的初衷，听她娓娓道来，如春风化雨，令人动容。

南京师范大学苏州实验学校，是苏州高铁新城首家高端民办寄宿制学校，从幼儿园到高中实行一体化办学，致力于"追寻教育真谛，造就完全人格"，培养具有全球视野与社会担当的现代中国公民。

学校的学生大多来自优渥家庭，在成长环境中自带些"娇气、贵气和傲气"。而教育的终极目标，正是在于突破舒适圈，培养孩子的社会责任感与家国情怀。"穷则独善其身，达则兼济天下"，这是舒校长常挂在嘴边的一句话，也是他们推动公益教育的初心。

在以往的公益义卖活动中，善款常常直接捐出。与"成长之树"合作之后，学校的捐赠款项被用于为西部偏远地区的孩子们建操场，学生们清晰地看到了自己爱心的流向与成效。舒校长说，这种看得见的影响，不仅增强了活动的延续性，也让学生真正明白：公益不只是捐钱，更是关注与连接，是一份"我与世界有关"的使命感。

她坦言，江苏作为经济发达省份，与西部欠发达地区在教育资源上确实有明显差距。通过参与成长之树的助学项目，学生们有机会直面不同生活背景的人群，学会珍惜与理解、共情与包容。这种认知上的转变，是他们走向社会、报效国家的精神根基。

"我们希望，公益不仅是一项学校任务，更是一种学生自发的情感驱动。"为此，舒校长正在探索更多深层参与的方式：让学生自己策划义卖项目、亲手制作物品、开展才艺义演；更设想与欠发达地区的学校建立深度联系，实现长期交流与教育合作。

她强调，初中阶段是价值观形成的关键期，学生的每一次实践和体验，都会成为未来人生的底色。"真正影响你一生的人，未必是科学家或天文学家，可能就是那个每天为你准备早餐的大妈，或是那个在你需要时伸出援手的出租车司机。"一个合格的公民，正是在点滴生活中养成。而这，正是教育的使命所在。

正如"成长之树"的初心：让善意从一棵树传到另一棵树，再汇成一片森林。而南京师范大学苏州实验学校，正是那片森林中的一棵高大挺拔的"公益之树"。我们欣喜地看到，在这棵树的荫庇下，越来越多孩子的心中正悄悄长出属于他们的责任与担当。

守望绿意　播种希望

彭熹

　　我出生于1954年，求学之路曾因"文革"中断。小学毕业后，我便匆匆步入社会，成为那个时代洪流中的一员。1969年，我响应号召，前往农村插队。那段岁月虽艰苦，却也成为我人生中极其宝贵的磨砺。在田间地头的劳动之余，我在几位老知青的帮助下，努力补习中学课程——语文、数学、历史、地理……这些知识如同荒漠中的甘泉，滋润着我那颗求知若渴的心。

　　1977年，高考制度恢复。这道久违的曙光重新照亮了我的人生。我以苏州市的高分成绩考入大学，重新跨入课堂。那一刻，我深刻体会到了"知识改变命运"的分量，也坚定了我一生对教育的信仰。学习可以照亮未来，教育承载着希望。

　　大学毕业后，我踏入了投行与投资领域，一干就是几十年。直到2014年退休，才从紧张繁忙的职场生活中暂时歇脚。正当我思考人生下半场的方向时，命运悄然开启了另一扇门——在监事长徐声波先生的引荐下，我结识了公益助学组织"成长之树"。

　　初识"成长之树"，几次活动下来，我便被这个纯粹、温暖的组织深深打动。它像一束光，照亮了贫困学子的求学之路，也点燃了我内心深处早已沉睡的公益热情。

从那一年起，我开始定期通过"成长之树"向有需要的孩子们送去资助。2015年，我义务协助一个海归团队完成新能源汽车的创业融资项目。在成功获得首轮融资2000万元后，我获得了5万元奖金及差旅费报销。但我执意不受，并最终说服董事会将这笔钱以公司的名义捐赠给了"成长之树"。那一刻，我仿佛看到更多的"树苗"在爱的滋养下茁壮成长。

此后，我每年除定向资助孩子们外，还向"成长之树"的管理基金捐赠1万元，并陆续介绍十几位亲友加入志愿者队伍，一起守护这片教育的绿地。

我只是一个普通的退休工薪族，却始终相信，涓涓细流，也可汇聚成海。只要我们每个人都愿意伸出援手，哪怕是绵薄之力，也能为贫困山区的孩子们点亮一盏灯、圆一个读书梦，为乡村教育事业添砖加瓦。

如今，我虽已步入古稀之年，但我的心依旧年轻，我的热情依然高涨。因为我深知：教育是民族的未来，学习是人生价值的源泉。

我相信，"成长之树"一定会越长越高，枝繁叶茂；而在它浓密的绿荫之下，将会有一株株被资助的"小树"苗壮成长。他们将成为点亮山村的星光，照亮更多人的明天。而我，也愿继续以一颗赤子之心，守护这份绿意长存的事业，陪伴"成长之树"一起，走得更远、站得更高、活得更有温度。

与光同行　为爱深耕

—— 瑞玛集团与成长之树的公益之缘

谢良平

江南水乡有一家上市企业，既承载着中国制造的工业梦想，又点燃着温暖社会的公益情怀，它就是瑞玛集团。

瑞玛集团董事长陈晓敏，是成长之树的老朋友、老会员。作为一位来自温州的企业家，他不仅深耕制造业，更始终怀抱一颗感恩员工、回馈社会的赤子之心。瑞玛集团秉持着"担当、学习、高效、真诚、感恩、谦和"的企业价值观，仿佛一颗明亮的启明星，在现代工业与人文关怀之间，熠熠生辉。

相识：一场与公益的初心之约

陈晓敏董事长与"成长之树"的缘分，可以追溯到十几年前。那时，他通过一位企业家朋友了解到了这个专注于乡村教育与助学的公益组织，便开始以个人名义默默资助山区的孩子们上学。多年来，陈董累计资助的孩子已超过百人。

随后，他将这份公益初心延伸至企业，以瑞玛集团的名义，带领整个团队参与到成长之树的公益事业中。从公司高层到一线员工，在董事长身体力行的带动下，瑞玛的伙伴们纷纷以自己的方式加入助学行列，温柔而坚定地播撒着善意的种子。

陈董常说："天道有轮回，所有的善举，终将有福报。"

相守：将公益融入企业文化

作为成长之树多年的坚定支持者，瑞玛集团不仅持续捐助，更积极参与项目运作与组织互动，尤其在每年的"腾讯99公益日"活动中表现突出。每逢活动前期，瑞玛总是与成长之树的工作人员进行充分沟通，对活动细节进行逐一确认，确保每一次传播、每一笔善款、每一份支持都精准有效地送达受助学生手中。

去年的99公益活动中，瑞玛集团有一个团队实现了全员捐赠。陈董亲自为他们颁发"爱心团队"荣誉证书，充分肯定大家的爱心与付出。同时，他在公司内部发起了一场以"成长之树与我们的故事"为主题的分享会，让更多瑞玛员工深入了解这个公益组织的使命与意义，也进一步在公司内部营造出团结向善、共创美好的氛围。

在他的感召下，瑞玛的十余位高管也纷纷以个人名义资助孩子们，积极投身公益行动。他们以实际行动，践行企业社会责任，诠释着"大爱无声、润物无声"。

相传：用行动诠释善意，用微光点亮世界

瑞玛集团总裁办主任王丽女士，是成长之树的资深会员。她说，自己是个理性的人，不善表达情感，但她却用持续不断的行动表达着内心的爱。

每年的99公益活动，她都是公司内第一位发动者。通过企业微信、公众号、邮件等渠道，她认真发布活动信息，耐心解答员工疑问，鼓励大家提前了解活动意义，积极参与公益行动。

她说："善心是发自内心的，跟捐多少没有关系。不要用金钱去衡量一个人

的善意。也许一个简单的转发，就能点亮他人心中的光。"

这样的理念也逐渐成为瑞玛企业文化的一部分。他们在招聘员工时，更加注重品德与责任感，因为他们深知：一个真正有担当的企业，应当成为社会温暖的力量。

相伴：以企业之力，育万千希望

多年陪伴成长之树的公益路上，瑞玛集团的员工们用一份份实际行动，传递着善意与能量。他们不仅感染了身边的同事，也带动了客户和更多社会力量加入爱心接力中。他们就像一束束温柔坚定的光，汇聚成光芒万丈的星河，照亮更多孩子的求学之路。

作为一家深耕实业的上市公司，瑞玛集团不仅在工业领域开拓进取，更在公益领域不断前行。他们把"做强企业"和"做暖社会"同等重要地写进了企业的发展蓝图，在助力社会进步的同时，也在孩子们的心中埋下一颗颗希望的种子。

结 语

从陈晓敏董事长的初心，到一个团队的默默守护；从一次次的公益活动，到一个企业文化的有机融合，瑞玛集团用十数年的坚持，为"成长之树"注入了源源不断的生命力。

他们相信：公益不是负担，而是一种企业的高度；公益不是一次行动，而是一种价值的传承。未来的路还很长，但我们坚信，有像瑞玛这样的企业同行，有一群坚定而温暖的人同行，成长之树一定会枝繁叶茂，为更多孩子撑起一片希望的天空。

愿做一棵遮风挡雨的"大树"

苏 玉

作为一名从大山里走出来的孩子，我深知读书的意义有多么重要。父亲常说："咱家是几辈子的农民，你要想走出去，只能靠读书。"这句话，从我童年起就深植心中。是父母的叮嘱、自己的坚持，还有那些曾经伸出援手的陌生人，让我一路走到了今天，来到了苏州，有了选择自己人生的权利。

2016年6月，我大学毕业。那时生活拮据，初入职场，一个月工资只有一两千元，仅够房租和生活开销。到了2017年年底，日子稍微宽裕一些后，心里便萌生了一个念头：我也想和曾经帮助我的人一样，去帮助别的小朋友读书。虽然经济能力有限，我却希望这有限的善意，能用在最需要的地方。

于是，我想起了大学时做志愿者结识的宁姐，在民工子弟学校的那些经历还历历在目。宁姐向我推荐了"成长之树"，并介绍我认识了汤老师。真正让我下定决心加入这个公益组织的，是他们发布的一篇篇实地走访的文章和照片：那个"小学毕业就要出嫁的幺妹"、那个"为了换钱买书包卖掉头发的小女孩"……这些真实而刺痛人心的故事告诉我，这个平台一定在实实在在地改变着孩子们的命运。

2018年3月，我开始资助两个孩子。2019年年初，看到"成长之树"再次招募走访志愿者，我毫不犹豫地报了名。我想亲眼看看那些孩子的生活，想确认捐款是如何真正到达他们手中的。

那次走访从贵阳出发，我们租车自驾赶往毕节赫章县，一路跋涉到夜晚七点多才赶到县城。四天时间我们走访了六所学校，见了317个孩子。印象最深的，是一所只有两个年级几十名学生的小学，校里只有两位老师：一位校长教语文，一位保安兼教数学。讲台上只有一根教鞭和几支短短的粉笔；操场是开裂的水泥地，游乐区则是一片被踩秃的草地。孩子们在下课时打滚十几分钟，满身尘土地回到教室。他们的眼睛清澈而明亮，像含苞待放的花朵，面对未来满怀憧憬。他们的模样，我至今难忘，常常挂念。

从那以后，我正式成为"成长之树"的一名兼职工作人员。义卖、筹款、慈善晚会……我尽力参与每一场线下活动，用自己的微薄之力支持这个资助了上万名学生、却只有两名全职员工的团队。

特别是在"成长之树"十周年特刊的筹备工作中，我负责采访受助学生。有初中生，有高中生，有刚考上大学的，也有已经工作的。与他们的对话，更加深了我对这条公益之路的认同和热爱。他们真诚、感恩、努力，在他们身上，我仿佛看到曾经的自己。

2020年8月，我又报名参加了四川石渠县的实地走访。扎西卡大草原，海拔高达4500米。在那里，我经历了剧烈的高原反应，呕吐、头痛、发烧轮番来袭。汤老师关切地劝我先回玉树休息，我却坚持留下来。带着那么多朋友的祝福，我无法就此退却。即使夜晚辗转反侧、痛苦难眠，我仍咬牙坚持，因为工作还没完成，孩子们还在等我们。

这两次走访，是我与"成长之树"真正深度绑定的起点。那份牵挂，那份愿意为之付出的心，早已在我的生命中扎根。我开始努力带动身边的人：朋友因为我发的走访照片决定资助孩子并成为志愿者；我的大学辅导员得知贵州孩子的境况后，也加入了我们。

我们的团队中，有人说过："为了筹够99公益的目标，我在一个又一个群转发链接，感觉自己像在'要饭'。"这话说得直白，但背后是那份执着，是一份不计回报的热爱。如果不是那样"轴"，怎能把一项事业坚持十几年？如果没有那样的信念，又怎能点燃万千普通人的公益之心？

我就是那万千人中被点燃的一个。曾经，我被人帮扶着走出大山；如今，我愿意成为那棵树，为更多孩子遮风挡雨。读书，改变了我的命运；而"成长之树"，让我找到了真正的人生方向。

大树与小树：七年的守望与成长

王小礼

其实在我加入成长之树之前，参加公益、成为志愿者从未出现在我的人生计划里。那是2018年冬天，刚大学毕业的我，偶然结识了一群热情的人，就这样加入了成长之树这个温暖的大家庭。彼时的我，对公益几乎没有什么概念，也谈不上什么伟大的抱负，只是觉得，做点什么能帮到孩子们，就已经很好，能发挥一些自己的价值，也足够了。

我第一次参与的活动，是去一所学校为受助孩子们采集信息、发放助学金。起初我完全不明白这项工作的意义，只是出于对资深志愿者的信任与感召而加入。直到走进校园，见到那一张张羞涩的笑脸，看着他们紧紧握住助学金的手、家长眼中流露出的感激，那一刻，我突然明白了：这份工作，不只是一个流程，而是一份深情的连接，是一份沉甸甸的责任。从那次之后，我真正认识了成长之树，也在后来资助了第一个小朋友，从此对这个平台产生了归属感。

在成长之树的日子里，我常常被感染、被激励。越了解，就越想多做一些事；和更多志愿者接触，就越觉得，这是一个由爱和信念凝聚而成的群体。大家拧成一股绳，只为一个共同的目标——帮助困难家庭的孩子们完成学业，种下希望，助力成长。

起初，我是凭着一腔热血做事。如今，成为一位母亲之后，我对"成长"有了更深刻的体会。正如那句老话："只要人人都献出一点爱，世界就会变成美好的人间。"是啊，只要我们这棵"大树"多提供一点点养分，小树们就能长得更挺拔，更有力量地扎根大地，迎向阳光。

　　我始终相信，尤其是那些生活在山区的孩子们，知识就是改变命运的钥匙。如果我们能为他们创造一种"可以选择的未来"，哪怕只是一道缝隙，他们就可能走出山谷，走向更加辽阔的人生，而不是被困在狭小的命运轨道里周而复始。让他们有选择、有希望，这是我们存在的意义。

　　看着越来越多被资助的孩子考入大学，我由衷地替他们高兴。他们的未来，才刚刚开始。而我，作为这棵大树的一部分，也深感自豪与荣幸。

　　感谢成长之树，给了我们一个表达爱、传递希望的平台。七年来，我一直是这份爱的接力者之一。虽然因为地域原因，有几年未能参与线下活动，但每当这个"家"有需要，我一直都在。感谢"家人们"，让我有机会和你们一起做一件真正有意义的事——那真的很酷。

　　山高水长，愿大家平安健康。我们终将再相聚，在更温暖的时光里，继续守护更多的小树们苗壮成长。

今朝助学护小树　明日凌云成栋梁

宣键清

时光荏苒，转眼已是2025年。我与"成长之树"的缘分，至今已有五载。这五年，是一段与爱同行、与善为伍的旅程；更是一段见证希望、点亮未来的成长之路。

初识"成长之树"，是在朋友圈的一张张助学照片中。孩子们稚嫩却坚毅的脸庞，在镜头中定格，他们或坐在简陋教室中认真听讲，或背着破旧书包行走在山间小路，那些画面震撼了我内心最柔软的地方。我才意识到，几百元的善款，便足以改变一个孩子的命运；"一个都不能少"的承诺，并非只存在于电影里，而是真实地发生在我们身边。

我很幸运，成为这个用爱心连接彼此的大家庭中的一员。从整理孩子们的助学申请表开始，我走进了公益助学的实际行动中。那些简短的家庭简介、学习成绩单和资助款发放的照片，背后是一个个孩子真实而沉重的生活。贫困没有压垮他们的精神，反而激发出一种顽强的、向上的力量。他们让我真正理解了"成长之树"的使命，也让我深深敬佩起这群"不图名、不图利、默默奉献"的大树人——尤其是十多年始终如一坚守的汤老师。

在2023年与2024年的"99公益日"中，我有幸参与公司内部的团体助学活动的发起工作。在总经理及公司工会的大力支持下，我们组织员工参与小额捐赠活动，5元、10元虽不多，却是点点星光，汇聚这些微光，终将照亮山区孩子们的求学之路。

这几年，我也积极参与了线下义卖、线上直播、工作会议等活动，听过很多"大树"走访山区后的分享。每一次聆听，都是一次心灵的震撼。成长之树用一点一滴的善意，为无数孩子打开知识之门。它不仅仅是一项慈善活动，更是一场关于希望的接力。

上学，是孩子们通往未来的阶梯；而成长之树，是那守护阶梯的光与雨露。它帮扶的不只是当下，更是我们民族的根基与希望。正如陈延年所言："少年的肩上，有清风明月和国家担当。"我们的少年，正挑起时代的脊梁；而我们，也该以己之力，为他们托举一片蓝天。

公益之路，从来不是坦途。但我们不忘初心，砥砺前行。愿每一份善意，都能开出明亮的花朵；愿每一位孩子，都能在爱与教育中生根发芽，挺拔如树，撑起未来的天空。

八年志愿路　爱心绘彩虹

言欲晓

　　嘿，朋友们，今天想和你们唠唠我这八年来的"成长之树奇遇记"。

　　2018年，我第一次参加"成长之树"的志愿者走访活动，目的地是四川石渠。说实话，当初报名参加，心里是有点打鼓的：我资助的孩子，真的能收到我捐的钱吗？可当"成长之树"的汤老师告诉我，助学款全部以现金形式亲手发放，而且所有志愿者行程费用全部自理，我一下就觉得，这组织，靠谱！

　　石渠的贫困程度远超我的想象。有的家庭一年总收入也就2000元左右，很多孩子只会讲藏语，不懂普通话，想外出打工都难。有的村直到2016年才通上电。一路走访，我看到的，是艰难；但更让我印象深刻的，是那一双双渴望知识的眼睛。第一次的石渠之行让我下定决心：我一定要为这些孩子做点什么！

　　经过两年时间的接触和了解，我对"成长之树"的信任更加坚定。2020年，我再次踏上了前往石渠的旅程，这次准备更充分：文具、书籍、衣物……一样不少。看到孩子们接过助学款和学习用品时脸上的笑容，我心里说不出的踏实和满足。是的，我做对了。

　　2023年，我又去了贵州，这是"成长之树"重点援助的地区之一。那边的山更绿、水更清，但孩子们的生活依旧不易。我和他们一起上课、玩耍，看他们拿到资助款后眼里闪着光，心里那个高兴啊，跟过年似的。

2024年春节，很多人选择回家团圆，而我，带着儿子去了湖北黄冈看望那里的孩子。新年伊始，我们想为这些同样需要帮助的孩子带去一点点温暖。我儿子跟我一起参与走访、发放物资，也深受触动。那一趟，是我们父子俩共同的成长之旅。

这八年里，我不仅参与了走访活动，还参加了很多"成长之树"组织的夏令营、义卖、筹款等公益行动。一次次参与让我更加相信：爱是可以流动的，也会回馈给你。也许是一个孩子腼腆的笑容，也许是一句真挚的"谢谢"，又或是一种你说不清、却很踏实的心灵充实。

我想说：让我们把一份份零散的爱心汇聚起来，汇成一股涓涓暖流，去滋润那些正在成长的小苗。你的每一次捐赠、每一场参与，都可能改变一个孩子的命运，甚至点亮一个家庭的未来。

让我们一起，用爱为孩子们撑起一片晴空，为他们绘出一道灿烂的彩虹。这个世界上，没有什么比看到一个孩子因为你的帮助而顺利完成学业更让人开心的事了！

在奉献中安顿心灵

杨 枫

2024年，对我来说注定是不平凡的一年。这一年，我与"成长之树"结缘，也是在这一年，我躁动的内心得以平静，久寻无果的精神困局得以化解。仿佛人生从此展开了另一种维度的存在——一种更有意义、更为丰盈的存在。

回望这一年，我心怀感恩；立足当下，我时时提醒自己，要珍惜此刻所拥有的生活，努力成为一个于己有益、对家庭负责、对社会有用的人，才不枉在人世间走这一遭。

一颗种子的萌芽

其实，在真正加入"成长之树"之前，我的内心早已萌发出"想为社会做点什么"的念头。2020年至2023年，我在武汉大学攻读MBA（工商管理），恰逢新冠疫情席卷全国，大多数时间我们都宅在家中。那段日子里，我偶然在学校官网上看到一篇介绍新入学学弟的文章。文中讲述他如何热心投身公益，照亮他人，也照亮了自己。这篇文章仿佛在我心中种下了一颗种子，让我真切感受到爱与关怀的力量，也让我开始思索：我该如何行动？

正巧这时，我的高中好友来武汉小聚。她目前在苏州管理公益机构的单位工作，我便拉着她请她推荐一个值得信赖的公益组织。经不住我几次"穷追猛打"的热情，她终于向我郑重推荐了"成长之树"，并将其创始人汤老师的微信推给了我。

汤老师温和亲切，一点点向我讲述"成长之树"的成长历程。从最初资助的18名孩子，到如今已累计资助上万名儿童的公益项目，每一个数字都令我震撼不已。我看到这个组织的理念、机制、执行力和透明度——每一分钱都切切实实花在孩子们的成长上，每一个细节都体现着对公益的敬畏之心。那一刻，我知道我找到了。

被滋养的不只是孩子

"成长之树"不仅是一棵帮助孩子成长的参天大树，也是一棵滋养每一位资助者的心灵之树。正如组织所倡导的价值观所说："感谢孩子给予我们表达爱的机会，感谢孩子们让我们参与并见证他们的成长。"

2023年岁末，我一个人独自在台湾。那段时间，是我人生最迷茫的时刻。我反复追问自己：前方的路在哪里？我这些年苦苦追求的到底是什么？为何拥有幸福的婚姻、爱我的家人、事业学业双丰收，心里却仍有一丝不安与惶惑？

答案在翻阅"成长之树"网页时浮现了——那些孩子们一张张纯真而坚毅的笑脸仿佛点亮了我。那一刻我终于明白：人生的价值在于利他，心灵必须安顿在有所奉献的地方。

既然认定了，就要行动。我听从好友的建议，在能力范围内尽可能多地资助那些最需要帮助的孩子。最终，我资助了四位女孩和一位男孩。那天，我感到前所未有的宁静和充实——多年来困扰我的失眠也在那晚悄然退去，我做了一个好久未有的香甜美梦，梦里是孩子们明媚的笑脸。

归宿，是从给予开始

时间过去一年，我为自己许下一个庄严的承诺：这件有意义的事情，我要一直做下去，并且要越做越好。公益不只是一种善行，它也是一种精神归宿。它让我明白，心灵的真正自由，不是拥有多少，而是能够给予多少；不是向外追索，而是向内生发出积极、坚定、温暖的力量。愿我们所走之路皆有光，愿这份微小的爱意在孩子们的世界里落地生根，开出希望的花朵。

于凡常中见真情

苑美琴

与成长之树的故事，没有轰轰烈烈的传奇，也没有温馨浪漫的巧遇，只是一次平常的工作交接，一段平凡的善意接力。

故事缘起于2022年9月的一天，一位自称陈尘的老师打来电话，说我们周口市李埠口乡被资助的80多位贫困学生，将由一个叫"成长之树"的公益组织来接管。虽不甚了解这个平台的背景，但出于对长期资助人李新文的感恩与信任，我毫无疑虑地接受了这个安排，并尽心配合。

其实，这一切可以追溯到2016年。那时，一位通过刻苦努力考上大学并留在苏州工作的乡村学长，怀着回馈家乡、感念师恩的初心，引荐了李总和几位善心人士来到我们乡。不仅举办了励志讲座，还表达了要资助贫困学生的意愿。

起初，我只是出于工作需要，参与了贫困生的走访调查，但渐渐地，我被这份持续的爱心打动。后来也辅助发放善款，中间有四年是由另一位同事负责，直到他被调去担任校长，领导便把这项工作交还给我。我欣喜地看到，曾经接受资助的孩子们发生了可喜的变化：有的长高了，变得开朗了，有的考上了重点高中，甚至大学。他们的家庭，在一次次善款接收中，始终充满着真诚的感谢。

那时，我们的资助方式是将善款亲手交到孩子和家长手中（家长和孩子必须同时到场），由学校校长或老师共同见证并合影存档，然后将资料打包发送给李总。李总曾亲自走访过许多受助家庭，他的谦和与大爱，我们都深有体会。如今，他决定将这份沉甸甸的慈善托付给"成长之树"，足见他对这个平台的信任。

虽然我们一开始对成长之树的资助流程不甚了解，但第一次与陈老师通话，就已感受到那份纯粹的善意。2022年10月7日，陈老师第一次来到周口走访，我们一见如故。她亲切随和，唯一的要求就是"每一笔善款都必须清清楚楚"。这份认真让我意识到，这不只是一个任务，更是一份有温度、有责任的工作。2023年5月10日，我们再次见到陈老师，还有一同前来的吴老师，感觉就像是老朋友、亲人。那次的善款发放过程更加高效、规范，也更低调、务实，不宣传、不张扬，却让人心头一暖。

我深深体会到，爱如果能被安心地传递出去，并被欢喜地接住，这本身就是一种爱的回馈。正所谓"施比受更有福"。我在心里暗暗立下承诺：一定不辜负汤老师和成长之树团队的信任，认真对待每一笔善款，让它真正落到实处，送到最需要的家庭手中。哪怕只是一次次微小的援助，也希望能成为照亮孩子前路的光，让他们不因贫困失学，让他们知道，社会上始终有人关心他们、相信他们。

2024年11月22日至23日的走访，让我有幸见到了成长之树的汤老师。虽然只是匆匆一面，交谈不过十来分钟，但他身上的那份谦和、儒雅与质朴，依然让我深深折服。他让我想起孔子所说的"温、良、恭、俭、让"，也仿佛看见老子笔下"上善若水"的从容与无争。

第二天走访结束后，中午与红英老师一同吃饭，她有些不好意思地说，汤老师让她带了一份从苏州饭桌上打包的剩菜，说别浪费了，让我们热一热吃。这一刻，我的心又一次被击中——每学期从汤老师手中发放的善款，是多么庞大的数字，而他本人却如此节俭、如此真诚。他把每一分善款都看得无比珍贵，把每一次资助都当作托付。

　　我忽然明白了：成长之树之所以能走得稳、走得远，不正是因为它扎根在这样一群有担当、有情怀的人身上吗？

从心出发 向光而行

张 瑾

我与"成长之树"的缘分，始于2021年。

那时，经云霞姐介绍，我第一次听说成长之树这个助学公益组织，听着她讲述山区孩子的生活困境，也许因为未曾亲眼所见，又或许是成长环境的巨大差异，我始终难以真正感同身受。然而出于一份"力所能及地去帮助他人"的本心，我选择资助两位山区小学生。令我震惊的是，一名孩子一整年的学习费用，居然只需600元。这个数字让我愣住了：600元，在城市里，可能是一顿饭钱，是一次聚会的消费，而对一个孩子而言，却可能决定了他是否能继续上学的命运。

一步步靠近，心也被唤醒

随着疫情结束，我开始有机会更深入了解"成长之树"。听崔云姐讲述走访见闻，无论听多少次，每一次都会被深深震撼。原来现实的艰难，远远超出了我过往的想象。

慢慢地，我也积极参与起成长之树组织的各类公益活动：生日会、徒步筹款、大润发义卖、直播助学……在这些活动中，我见证了许多志愿者为募集善款而奔走，为孩子们能上学而真诚付出的身影。我看到了一个又一个平凡却温暖的瞬间——他们中有企业家、有职场白领、有退休教师，还有带着孩子一同参与的"树二代"。身份在这里并不重要，大家只有一个共同的名字：爱心的传递者。

在成长之树，我见识了"润物细无声"的公益力量。

永难忘的两个场景

这几年，有许多让我深感庆幸与感动的瞬间，而其中两个场景最让我铭刻于心。

其一，是平台规则变化导致公益项目被迫下架，瞬间出现了140万元的助学资金缺口。月度会议上，汤老师满脸忧虑，他真挚地为孩子们担心的神情，感染了在场所有人。那一刻我第一次如此强烈地意识到：公益，并非永远一帆风顺，每一次坚持都来之不易。而那些平日里我认为"微不足道"的善举，其实正是构成这棵"大树"的根系与枝干。

其二，是每年高考季，当大树们纷纷晒出被资助孩子的大学录取通知书。那些曾在山路上艰难求学的孩子，终于走出大山，凭着顽强意志走向更广阔的天地。作为资助人，心中涌动的不仅是成就感，更是一种深切的欣慰：知识真的可以改变命运。我也常常畅想，未来某一天，我资助的孩子也将捧着大学录取通知书，微笑着对我说："谢谢您。"那将是多么动人的一刻！

从"i人"变成了"e人"

说来奇妙，成长之树也悄然改变了我。

以前的我，是典型的"i人"——内向、克制、更习惯安静地付出。但自从加入成长之树，我似乎被这股温暖的力量"唤醒"。在义卖摊位上，我扯着嗓子卖力吆喝；在直播助学中，我积极参与宣传；每当有人问起成长之树，我也总是毫不吝啬地讲述它的故事。原来，被爱浇灌过的心，也能发出光。

愿成为那道光

这个世界并不完美，仍有许多被贫困、匮乏与无助笼罩的角落。成长之树，就像是一盏温暖的明灯，在这片黑暗中闪耀着微光，为那些渴望上学的孩子照亮了前行的路，也照亮了我们每一个人内心的柔软。在与成长之树互动的日子里，我目睹了它给山区孩子带来的巨大改变，也看了无私的爱心和奉献，这份触动让我愈加渴望自己能不断成长、不断强大。成长之树不仅改变了山区孩子的命运，也悄然重塑着我们这些普通人——教我们如何以更柔软的心去看待世界、以更坚定的行动去回应世界。

未来的日子，我希望自己可以拥有更多的时间、更强的能力、更广的影响力，成为更有力的援手，跨越千山万水，向那些仍在困境中挣扎的孩子伸出温暖的手。愿我们共同守护这棵成长之树，让爱意长青，让希望常在。

十五年助学见证生长的力量

张维艇

前几天，表妹打来电话，语气里透着难掩的兴奋。她的女儿——我的外甥女许琳铌，今年刚考上南京医科大学。因为从小就是"成长之树"的志愿者，如今她很想在大学里向同学和老师推荐这个陪伴她多年的公益组织，问我有没有什么建议。听到这个消息，我百感交集。许多回忆扑面而来——从最初懵懂的参与，到一次次奔走、筹款、走访，我已经和"成长之树"一起走过了整整十五年。

青海走访：震撼中萌生坚定

如果说有哪一次经历真正让我下定决心投身"成长之树"的助学事业，那一定是2017年夏天，第一次去青海海东贫困地区的走访。

那年，我的高中同学作为援青干部在青海海东市乐都区工作。他积极牵线，我们"成长之树"决定首次资助海东市3个区10所学校中的30名贫困学生。于是，我和无锡的顾组长、夏组长等一行人来到青海乐都、平安和民和等地，实地考察受助学生并发放资助款。

虽然有赵区长安排的车辆接送，但往返五个多小时的崎岖山路，仍然让我们感到身心俱疲。更加令我终生难忘的是走进一户学生家时的情景。房屋低矮破旧，墙壁斑驳，屋里几乎没有像样的家具。唯一的床铺堆满杂物，孩子的书本散落在角落，泛黄的纸张诉说着生活的艰难。而那个孩子衣着单薄却仍努力微笑着接待我们。他成绩优异，梦想是考上大学走出大山。但当我们问起上学的困难，他的母亲低下头，沉默良久只说了一句："有时候，连吃饭都困难。"那一刻，贫困不再是一个抽象的词语，而是鲜活、刺痛人心的现实。

那次走访之后，我们更加坚定了做公益助学的决心，也开始尽最大努力让更多人看见这些孩子的需要，加入我们的行列。

苏珈美术馆：艺术与公益的温暖交汇

"成长之树"的成长离不开一群慷慨、热心的朋友，其中，苏珈美术馆是我们最值得感念的长期伙伴之一。

美术馆多次无偿提供场地支持我们的年会活动，让志愿者、捐助人和受助学生有机会面对面交流。林馆长更是多次亲自主持年会上的慈善拍卖环节，将会员捐赠的书画艺术品一一拍卖，筹得善款。

最让我感动的是，在那次青海走访出发前，我们遇到了一个突发状况：原定的资助人临时退出，30名孩子的资助款空缺，走访计划几乎要泡汤。正当我们焦头烂额时，林馆长毫不犹豫地承诺："这30个孩子的资助款，我们全包了。"那一刻，我真正体会到公益的力量，来自那些默默付出、不求回报的同行者。

高慷：慷慨与智慧并举

我的好友高慷不仅年年解囊，每年资助数十到上百名学生，还在我们工作经费吃紧时，主动为工作基金捐款解困。更难得的是，他始终思考如何让公益更有传播力。他曾自掏腰包，为孩子参加的机器人俱乐部定制队服，并印上"成长之树"的logo（标志）。有人问他："这有用吗？"他笑着说："让更多人看到、知道我们在做的事，这就是推动。"高总的坚持让我明白，做公益不仅要有爱心，更要有智慧，要会传播。

青乾科技：技术为爱护航

公益不仅需要热忱与理想，也需要技术的加持。青乾科技，就是为我们提供技术支持的坚实后盾。

公司创始人钱强是我在上海工作时的室友，后来自己创业成立了青乾科技。当他得知我们公益组织在信息管理上的困难时，毫不犹豫地答应免费为我们搭建网站和支付系统，彻底告别了手工记录、易出错的原始方式。他的帮助，让"成长之树"的资助流程更加高效透明，也更具专业性。这不只是一次技术援助，更是对公益理念的深度认同。

金桥小学：凝聚一方的童心力量

当我们向无锡市金桥小学校长张飞龙提出希望为贫困地区的孩子募捐运动鞋和书包时，他毫不犹豫地答应了。他不仅奔走宣传，还自掏腰包买了包装材料，确保捐赠物资整洁完整地送到孩子们手中。

最终，金桥小学全校师生共捐出上千双运动鞋、几百个书包。我们送到山区学校那天，孩子们打开鞋盒，小心翼翼地试穿，有个小女孩悄悄对我说："这是我人生中的第一双新鞋。"那一刻，我的眼眶湿润了。

接力与传承：一棵树长成一片林

表妹电话里的声音仿佛仍在耳边，而我的思绪也渐渐回到现实。我告诉她："让妮妮放手去做吧，成长之树需要年轻人把爱心继续传递下去。"

十五年过去了，"成长之树"已帮助了一万多名困境中的孩子，但它的意义早已超越助学本身。它建立了一条善意的通道，把素不相识的人连接在一起。而今，当我看到下一代开始接过这份责任，我相信这棵树会继续生长，枝繁叶茂，庇荫更多人。

与树同行　点亮希望

章爱军

　　那是一个冬日的午后，南京国际博览中心人流如织，第二届江苏慈善论坛暨2020全省社会组织展示交流会正在举行。我在展位之间漫步，忽然被一个展台吸引住了——"苏州成长之树公益助学中心"。展位前，一位戴眼镜的中年人正在微笑着向行人分发《成长之树》会刊。我接过他递来的杂志，封面上那棵绿色的大树格外醒目，右上角那个拟人化的小树形象憨态可掬，令人印象深刻。

　　"您好，我是成长之树的汤永坚。"中年人温和地自我介绍。在他的讲述中，我了解到这是一个由苏州本地志愿者自己发起、已默默耕耘近十年的民间公益组织，资助了数千名贫困学生和乡村教师，始终秉持"透明、规范、长期、一对一"的运作原则，确保每一笔善款都精准送达需要帮助的人手中。

　　汤老师谈起助学事业时，眼中闪烁着一种令人动容的光，那是一种坚定、一种热爱，也是一种信仰。被这份真诚和执着深深打动，我当即决定加入这个温暖的大家庭，资助了两名学生。

　　从此，我的生活多了一份牵挂和温度。每次在成长之树的网站上看到受助学生的成长记录，看到老师们为他们撰写的评语，看到他们在助学款发放单上歪歪扭扭签下的名字和那枚红红的指印，我仿佛能透过屏幕，看见那一个个坐在山村教室里认真听课的孩子。他们的眼睛里有光，那是对知识的渴望，也是对未来的期待。一棵棵幼苗，正在阳光下悄然生长。

四年多来，我见证了成长之树的点点滴滴。记得第一次参加年会，台上几位受助学生代表讲述着成长之树如何改变了他们的命运。当那些稚嫩却坚定的话语回荡在会场，我深深体会到，我们每个人点滴的付出，都在为孩子们撑起一片希望的天空。

最让我感佩的，是成长之树令人称道的透明与规范。每一笔捐款的流向都清清楚楚，每一个资助对象的信息都真实可查。每次看到工作团队发布的资助明细和项目公示，我都由衷感叹：这是一种对爱心的尊重，更是一种对公益的信仰。

而让我动容的，是成长之树为筹款所付出的坚持与创造力。在一次次直播筹款中，我看到"大树"们耐心细致地解说讲解；在徒步活动中，他们用脚步丈量爱心的长度；在公益拍卖会上，一件件拍品背后，藏着的都是温暖的故事与真挚的情感。每一个细节，都让我感受到这是一群真正把"为爱行动"当作信念的人。

2024年3月，我有幸参与"为爱行走·圆崽崽读书梦"——第八届成长之树公益徒步活动，并在现场朗诵了我为成长之树创作的一首诗歌。那一天，来自长三角各地的爱心人士会聚苏州太湖畔，共同奔赴这场用脚步传递温暖的旅程。当我看到成百上千人挥洒汗水、笑容满面，那一刻，我深深体会到："运动+公益"的模式，正在让"快乐公益，健康生活"的理念，深深扎根在人们心中。

我也终于明白：成长之树存在的意义，就是去圆孩子们的读书梦，让希望的阳光照进每一个角落。

在这个人心浮躁、节奏快速的时代，成长之树就像一盏温暖的明灯，指引着我前行的方向。它告诉我，公益不是一时的热情，而是持之以恒的坚守；爱心不是居高临下的施舍，而是平等互助的温柔回响。

感谢这些年与成长之树的同行，给予了我一份心灵的滋养与精神的升华。

每当我看到受助孩子的进步，听到他们升学、就业、回馈社会的消息，我都深深感到：所有的努力，都是值得的。

这棵成长之树，已经在我的生命中深深扎根。它让我明白，公益从来不是一个人的孤军奋战，而是一群人的力所能及。愿这棵大树继续茁壮成长，为更多孩子撑起一片绿荫。而我，也将继续与这棵树同行，用爱心点亮更多孩子的未来。

八年同行　一路生光

朱群峰

时光荏苒，转眼间，我与"成长之树"相识已有近八年。八年间，我换了三个单位，办公地址也搬了四次。这八年，对我来说，是格外珍贵且意义深远的八年。能与"成长之树"共同成长，是一种幸运；能与汤老师这样一位充满能量的人结识，更是一份福报。人是有能量场的，而汤老师，就是那种天然发光的人。慈善的人，总是自带一种爱的磁场，与他同行，每每都让我想成为更好的人。对我而言，这也是一种修行。

相识：一个偶然的开始，一次温暖的邂逅

我与成长之树的初识，源于一次培训班。那是2017年，我与好友罗湘洲一同参加一个公益培训课程。课程结束前，需要组织一场慈善公益活动，募集的善款将全部用于真正的公益项目。

我们设想：既然要做，就应该追求可持续性，同时要找到一个值得信赖的公益伙伴。湘洲向我推荐了"成长之树"，于是我联系上了汤老师，记得那次我们专程从外地赶到昆山与他见面。尽管他刚做完一个小手术，但一提到公益，

眼睛里顿时闪耀着光芒。

活动定在昆山某酒店举行，由成长之树负责慈善项目的介绍和情况展示，我们培训班学员则全力投入演出、拍卖等环节。原本的目标是募集30万元，帮助100名小学生完成5年的学业支出，最终超额完成任务，参与人数更是超过3000人。

那次活动结束时，还发生了一件"小事"：我们发现场地费还有2000元缺口，本以为可以从募集款中支出。但成长之树的一位工作人员坚持说："所有捐款必须百分之百用于孩子的助学支出，不能有其他费用。"那一刻，我感受到这个组织的"特别"与"刚性"。后来我才逐渐了解，成长之树的许多规则都非常严谨，比如助学款必须亲手发放给学生本人，并由其签字确认。这种坚持看似苛刻，却恰恰体现了公益应有的责任。

这场活动之后，成长之树为我们的善款专门设立了一个项目，并在此后的五年多时间里持续资助着那些孩子。我也听说过其他机构因管理不善导致善款去向不明，而我们当初的选择，真的无比正确。

相知：愈行愈近，愈知其难

同年，我与女儿共同成立了一个冠名基金，专门用于救助留守儿童。起初也曾热血沸腾地设想未来的规模和影响力，但很快发现，公益从来不只是"出发的热情"，而是"持续的行动"。它复杂而艰辛，涉及方方面面，绝非凭一腔热血可以胜任。

在基金运作的过程中，我与成长之树有了更频繁的接触。几乎每场他们的活动我都尽量参与，也多次与汤老师深入交流。渐渐地，我对成长之树的了解愈加全面——理事会、监事会制度健全，项目机制公开透明，对资金的使用近乎苛求。

比如，看似简单的"现金发放"，在实际操作中却无比繁复。孩子们大多分布在偏远山区，物理距离远，交通条件差，仅是携带善款并逐一发放到人、确保每一笔签字确认，已是对执行力的巨大考验。这种"用生命在做公益"的状态，唯有真心与坚持才能支撑。汤老师，以及成长之树的每一位伙伴，真的值得我深深敬佩。

相爱：因为懂得，所以深爱

随着时间推移，我也开始更多地参与到成长之树的实际运作中，对善款的来源、流向，对每一笔支出的细节都有了更深的认识。

每次参加成长之树的年会、理事会议，我都能感受到一股强大的温暖力量汇聚其中——来自各行各业的公益人，有企业家、艺术家、律师、职场人，大家为同一个信念而聚合。每次聆听崔云小姐姐等公益伙伴的分享，我总是数次落泪；那些曾经受助的孩子，长大后回到这个平台，继续传播爱的种子，让人无比动容。

从当初资助几个孩子，到如今帮助了一万多名学生，每年发出的救助款近千万，这背后，是成长之树十余年如一日的坚持。财务公开，项目透明，这样的公益平台，怎能不让人信赖与热爱？

每年总会发生几件让我久久不能忘记的感人故事——有陌生人慷慨解囊，有多年未见的朋友因为这场爱心接力重新联系，也有不少朋友因我的引荐加入成长之树，成了"每年定捐"的大树。他们常常说："谢谢你带我一起做这件有意义的事。"

我想，和成长之树在一起久了，真的会爱上它。因为这里有一种"爱的能量场"，有一种令人如沐春风的氛围，让每一位参与者都感到被温暖包裹，也由衷想去温暖别人。

相信：世界因爱而不同

人生并不漫长，在有限的岁月里，能做一些善事，帮助一些人，是一件无比美好而有意义的事。而这些善意，会因为我们的一点行动，在世界某处泛起涟漪，传递出能量、希望与改变。

我始终相信，推动这个世界向前的，不是冷冰冰的理性，而是温柔坚定的爱。成长之树，一直在努力为这个世界的孩子们点亮一束光。而我，也愿用自己的微光，与他们一起前行。"为世界上不再有因贫困而辍学的孩子而努力"，这是成长之树许下的愿望，也是我们每一位公益人心中共同的誓言。

在最美的年华里　做最温暖的事

陈　婷

"我与成长之树"这个话题，我有很多想说的，却又不知从何说起。"成长之树"四个字于我而言有特别的意义，因成长之树，我的生命变得不一样。

我于2012年与汤永坚老师相识于网络，此后便与成长之树结下不解之缘，到如今已是十三年多。那时，我还是一名学生，成长之树在赫章的资助才刚刚起步，经常有需要深入赫章山区的走访任务，我便怀着满腔热忱，带着成长之树对我的信任踏上志愿者之路。

有一次，我需前往石板小学了解情况。石板小学是成长之树在贵州赫章资助的第一个学校，那时通往石板村的路非常不好，全是石头和泥泞，山高路陡，一些路段一面悬崖，一面峭壁。我带了一大箱爱心人士捐赠的文具，学校的代课老师杨老师骑摩托车来接我，一路上我们行驶一小段，就要下来自己走一段，因为路太烂，不能骑车，杨老师还摔了一跤，一路上我是胆战心惊，冷汗直流，好不容易总算安全到了学校。孩子们看到我欢呼雀跃，非常兴奋，我把新文具发给大家，那一刻我看到了孩子们眼里的光，也看到了成长之树助学活动的意义所在。如今，去往石板小学的路修成水泥路了，但石板小学却不再办学，孩子们都去乡中心小学读书，他们有了更好的学习环境。然而六七岁的孩子，便离开家人到学校住校了。

还有一次，我将只身前往水城县的乡村小学发放资助款，妈妈放心不下，和我一同前往。没有直达的运营车，学校里一位老师骑摩托车来接我们，一路上走过崎岖小道，蹚过小溪，越过干河床，历经三个多小时我们终于到达了学校，那一次，我被晒得黢黑。但当我们把爱心人士那份沉甸甸的爱亲手交到孩子们手里的时候，一切辛苦都烟消云散，满心里只剩要一直坚持下去的决心。

那些年的走访，我在路边拦过顺路车，坐过老师的摩托，搭过老乡的拖拉机，走过山路，蹚过小溪，去了很多学校，走访过很多贫困家庭，遇到不少困难，也收获许多宝贵的经历。那些年是我的青春，被成长之树点亮的青春。

赫章县是成长之树倾注了很多心血的地方，资助学生最多，集体走访的次数最多，遇到的困难也特别多。如今的赫章和十几年前相比，发生了翻天覆地的变化，成长之树是见证者，更是参与者。作为一位曾经受资助而考上大学改变命运的赫章人，我代表赫章所有受助的学生、家长、老师、社会各界，向成长之树道一声感谢。成长之树这十多年乃至以后还有很多年的付出，绝不止这一句感谢能表达的，但我们还是要说一声感谢！赫章的很多娃，很多人，都知道，有个公益组织叫成长之树，成长之树有一群很好很好的人，他们致力于助学公益活动，他们就像天使一样散发着光芒，传播爱与光明。

还记得第一次到苏州参加成长之树的年会，我就像打开了新世界的大门，才知道原来公益组织可以那么正规，公益活动可以开展得如此有序。那么多不同职业和生活经历的人会聚在这里，大家不求名不求利，共同怀着一颗大爱之心，无私奉献、集思广益、群策群力，让成长之树发展得那么好，帮助了那么多贫困学子。在成长之树，我看到了组织力、执行力和凝聚力的最好体现。在成长之树，我开阔了眼界，认识了许多优秀的朋友和敬重的前辈，学会了解决问题的更优办法，促使我对生活和工作有了更积极的态度。

作为成长之树的志愿者，我得到身边很多人的支持和帮助。我的家人帮我搬运物资，整理资料，分发文具；亲戚家无偿提供场地给我临时堆放爱心雨靴、袜子、书包等爱心物品；热心同事开车载我去边远小学发放物资；甚至我的高中同学万艳也和我一起加入了成长之树，成为一名优秀的志愿者……身边人都觉得这是一件非常有意义的事，都愿意为我提供帮助。正是志愿者这个工作，让我感受到人间的温暖和大爱，让我收获很多很多幸福。后来，我因身体原因，很长一段时间甚少从事志愿者工作，我的妹妹陈欢接过我手中的接力棒，也成了成长之树的志愿者。

最后，我需要特别感谢一个人，那就是汤永坚老师。于我而言，汤老师就像是我的人生导师，带领我加入成长之树，为我的志愿者工作乃至其他工作和生活提供指引，让我增长见识，开阔眼界，提高能力，同时他也无限包容我做得不好的地方。在我人生最艰难的日子里，他给了我无限的关怀和帮助，给予我勇往直前的勇气。汤老师，我是一个很不善于表达的人，借这篇小文，向您奉上我最诚挚的敬意和感谢！

愿成长之树公益助学中心越来越好！愿成长之树的每一位成员、受助的学生、老师及家人永远幸福安康！

成长之树　温暖人生路

黄自佳

　　我上个月光荣退休，回顾这花甲人生，最值得回忆和珍藏的，是我与"成长之树"之间那份历久弥坚的深情厚谊。

　　我出生在湖北阳新县最边远的乡村，自幼身体残疾，命运多舛，却始终坚信教育能改变人生。作为一名扎根乡村的教师，我亲眼见证了贫困如何剥夺孩子们受教育的权利，也深知自己的力量有限。为了帮更多孩子继续读书，我很早便向社会寻求助力，幸运的是，我遇见了"成长之树"。

　　记得那年公历五月的周末，汤老师一行要来我地走访贫困学生，他们为赶时间只能晚上到达，这可把我急坏了。不为别的，就怕远客来了招待不周，因为我们乡下，既没有好餐馆，更没有住宿的好地方。只有一个寺庙有几张客床。当我把这些担心向汤老师汇报后，他二话没说毫无嫌弃之意，既不挑吃也不择睡。这使我不由得想起曾接待过的一位上海助学者，她是位言语不多的热心女士，当我带她到了学生家后，时间就不早了，我们打算留她住一晚，明早好赶车，新被子还是我悄悄借来的，可是她还是要我叫专车把她送到县城最好的酒店。晚上打车价格翻倍，我心里辣痛，当然她没让我掏一分钱，我也能理解她的生活习惯，可是总觉得这种助学成本还是太奢侈了。成长之树的朋友就真的是把钱用在了刀刃上。那次我和汤老师一行四五个人，还有个女士，因为我常在寺庙做义工，住持没收一分钱房费。汤老师他们不但没嫌弃条件差，临别时还执意向功德箱捐了一百元。

与成长之树结缘已十四年。这个总部远在苏州的公益助学组织，却像一棵枝繁叶茂的大树，把阴凉和温暖一路延伸到了千里之外的鄂东南。在成长之树的支持下，我们帮助了近百名贫困中小学生。这些孩子不一定都能脱颖而出成才，但成长之树的资助，足以温暖他们坎坷的童年，给予他们不被放弃的力量。

这些年，我身体渐渐不如从前，患上呼吸衰竭期的慢阻肺，但我始终不愿放下手中的助学任务。每年按时完成反馈与款项发放，不落下任何一个学生，是我对成长之树最朴素的承诺。

这份牵手，要特别感谢一个人——我们亲切称他"阿阮"，网名"土豆"。是他把我与成长之树牵在了一起。他是我见过最执着、最有担当的公益人，也是我内心深处敬佩的朋友。我生命最艰难的时刻，他默默关注并及时送来温暖，不仅自己捐款，还联动其他公益组织支援我，让我在病榻上获得了力量与信心。

成长之树吸引了很多像阿阮这样的伙伴，还有稳重睿智的汤老师，细致尽责的陈尘，以及无数默默奉献、不求名利的志愿者。这是一棵可以栖息信念的大树，是一个灵魂彼此照亮的家园。

成长之树始终坚持"不因贫而弃、不唯优而助"，哪怕是成绩不好的孩子，只要他们身处困境、仍愿努力，成长之树就不会放弃。他们也资助过父母在狱的孩子、精神障碍家庭中的孩子……因为他们知道，"罪不在孩子"，"一个都不能少"。

如今，我即将卸下肩上的担子，但不会让这份爱中断。我正在物色接班人，继续接力，守护这段温暖的长情。

感谢成长之树，感谢所有一起同行的伙伴。你们让我这一生，在有限的生命里，做了一件无限有意义的事。

成长之树的年轮里藏着高原孩子的春天

李春香

站在青海省民和县李二堡镇中心学校的操场上，看着远处积雪未消的拉脊山脉，我忽然想起七年前第一次为孩子们对接成长之树资助项目时的忐忑。那时我捧着36份贫困生资料，像捧着36颗未发芽的种子。如今回望，这些种子早已在民和的沟壑梁峁间开出了倔强的花。

七载春秋，最初10个孩子的命运轨迹已被改写，有些因家庭贫困面临辍学的孩子坚持读到了高中，有些因缺乏关爱失去自信的孩子变得自信阳光。尤其难忘李二堡镇的一名回族女孩，她和头发花白的奶奶攥着助学金信封时，眼底的泪光比高原的星空更亮。她父亲早逝，母亲常年卧病在床，是成长之树每年800元的资助，让这个面临辍学的女孩坚持读下去，今年她发来消息："老师，我考上大学了！"在杏儿乡，藏族女孩卓玛的母亲曾流着泪说："要不是这些助学款，娃今年的校服钱没有着落啊。"卓玛在作文本里写着："我要像成长之树的叔叔阿姨那样，将来当老师，让更多山里娃看见世界。"

数字是沉默的见证者：18400元助学金让20个家庭在寒冬感受到温暖，7600元支撑着7个高中生继续逐梦。但比数字更动人的，是办公室里逐年增厚的信件——那些用汉字和涂涂画画交织的感谢信，是孩子们稚嫩心灵上留下的温暖的光，是受助学生成长道路上开满的格桑花。

作为公益对接人，我目睹的不仅是资金的流转，更是希望的传递。当看到曾经怯生生的留守孩子站在演讲比赛领奖台上，当听说受助学生自愿参加志愿服务队，我突然懂得：公益不是单方面的施与，而是让每个灵魂都成为能照耀他人的光源。就像被资助的贫困孩子在信里写的："长大后，我要把收到的温暖三倍还给世界。"

拉脊山的春天总是来得迟，但成长之树用十五年光阴证明：只要善意持续浇灌，再贫瘠的土地也能长出春天。此刻，我仿佛看见36棵小树正迎着高原的风沙生长，他们的年轮里，镌刻着人间最美好的同心圆。

感恩的心

降拥拉姆

在这个世界上，有一种爱，如阳光般无私，似雨露般温润——那是成长之树千千万万助学资助人给予孩子们的无言大爱。

作为一名在贫困山区任教十年的教师，2017年我有幸与成长之树结缘；2019年，更荣幸成为其中一名志愿者。讲述这段故事，心中涌动的不仅是回忆，更是一份难以言表的感恩。

成长之树的每一笔助学款，都像一盏盏温暖的灯，照亮了山区孩子们崎岖的求学路。从小学到大学，年复一年，尽管筹款艰辛，但成长之树从未却步。他们不求回报，只是默默地将希望送到孩子们手中，让他们的求学梦想得以延续。

最令我动容的是志愿者们每年不畏艰险，奔赴我们海拔4500米的高原发放资助款的情景。高原反应、身体不适从未阻挡他们的脚步。他们咬牙坚持，只为将每一笔善款亲手交到孩子手中。这份执着与奉献，让人由衷敬佩。

能成为成长之树的志愿者，是我莫大的幸运。我暗自许诺，定要竭尽所能做好这份工作。而每当看到孩子们接过助学款时眼中的光亮，那种幸福感，言语难以形容。成长之树不仅为山区孩子点亮了前行的灯，也为我的人生指明了方向。他们常说："感谢孩子们给我们表达爱的机会。"但我想说："首先要感谢的，是成长之树给予孩子们的无私大爱。"

因为有你　无惧风雨

李 江

感谢成长之树为我遮挡狂风暴雨，送来阳光雨露。

感谢成长之树在漆黑的夜里，为我送来一缕光辉，照亮我前行的路。

感谢成长之树为我燃起信念之火，让我自信如初，不怕变故，再上征途！

那一个夏季，太阳炙烤着大地，这个季节的火热正像我的血气方刚。我憧憬着未来，我的人生将迎来一个崭新的阶段，一个最需要拼搏的阶段——高中。

在这个阶段的开始，我本摩拳擦掌，准备迎接旅途中的挑战。然而天有不测风云，家庭的变故突如其来。

2018年高一新学期的第二周，堂哥带我匆匆离开了课堂，我的父亲——我们家的顶梁柱倒下了。当我回到家中，看到父亲直挺挺地躺在木板床上。父亲被生活重担压弯的背竟然如此地挺直了！那背永远和地平线平行，像平行线一样无限延伸，正如我对他的思念永远没有尽头。

我带着悲痛和对未来的担忧回到学校，离家时我发现母亲挺直的背开始弯了。

爸爸离世前几天和妈妈吵了架。原因很简单，就因为爸爸卖猪时少收了80

元。妈妈不依了，在一旁一直唠叨，最后和爸爸吵了起来。爸爸出去坐在家门前的河边，沉默了许久。我隐约看到他用手背抹了下眼睛。当时我还在想，80元为何把一个男人逼到如此境地？我当时并不知道爸爸已经是肾衰竭晚期，还患有糖尿病、高血压。他从来没有叫过一声苦，没说过一声累。但这次，当我用手抚摸他的背安慰他时，他把头深深地埋进我的怀中，长大后我们父子难得这么亲密。我发现我已经比父亲高出不少了。他用疲倦的声音说："娃娃啊，我是过不起这种日子了！"

他去了，再也不用过这种日子了，留下我们三个孩子和妈妈相依为命，而妈妈的身体早已没有了年轻时的强壮和敏捷。

回到学校我有些担忧，我还能继续上学吗？妈妈一个人还能把家撑起来吗？担忧着妈妈的身体，不时地在想我是不是应该回去和妈妈分担一些压力？

就在这个时候，成长之树出现了，让我感受到来自社会的温暖和力量。也让妈妈身上的负担稍稍减轻了一些，让她疲惫的心有了些缓解。让我知道身后还有双手在托着我，这也消除了我原来心中对未来的担忧焦虑。

父亲走了，但我感受到了一个更伟大的"父亲的背"！那背是和大树一样挺直的，是与地平线垂直的，高耸入云，枝繁叶茂，正如我爱着的世界给我的爱，遮风挡雨，温暖呵护。

"成长之树"——你是爱的使者！你把远方的爱送到了赫章这个角落，送给了旮旯里的我，宛如春风驱走严冬！心中无尽的谢意，只能化作这只言片语！纵使未来路途崎岖，我也没有理由恐惧！感谢一路有你！

向阳而生　沐光而行

龙倩倩

2012年我还在读五年级，一个阳光明媚的日子里，汤老师带着运动鞋来到我的学校，那是我与成长之树的第一次相遇。

当时的我年纪尚小，记忆里最清晰的，就是那双全新的运动鞋。它是我第一次知道"运动鞋"这个词，更是第一次穿上那么漂亮的鞋子。那种惊喜与喜欢，至今难忘。

那也是我人生中第一次接受他人的资助。一颗"被关爱"的种子，就在那个午后悄悄地在心里埋下。运动鞋有些偏大，刚拿到的时候还穿不上，等到六年级的运动会上我才第一次穿上它。那一场比赛，我发挥出色，夺得好名次，竟被县里的教练一眼相中。我的体育之路就此开启，踏上了之后长达八年的比赛生涯。

在所有人都不看好我时，只有爷爷坚定地支持我。现在回想起来，我也说不清是什么支撑我一路坚持下来。也许是因为没有退路，也许是因为每次向成长之树的叔叔阿姨报喜的时刻，我感受到自己的价值和被肯定，那一刻觉得再多的苦和累都值得。

后来，我被选拔到市里集训，并在省级赛事中屡屡夺冠。每当叔叔阿姨看到我的一点点小成就，总是露出欣慰的笑容。他们的鼓励，是我奋力奔跑的动力。最大的喜讯，是我收到了大学录取通知书。我知道，我走出了大山，也走向了更大的舞台。

上大学后，我常常参与志愿服务，勤工俭学，不断提升自己。我始终相信，命运掌握在自己手中，哪怕出身寒微，光也终将落在努力生长的孩子身上。

可生活总有突如其来的暴风雨。大二那年，妈妈和爸爸先后被确诊为股骨头坏死，急需手术。我面临前所未有的压力：高昂的医疗费、弟弟的学费、我自己的生活费，一时间被压得几乎喘不过气来。就在我几近崩溃的时刻，成长之树的陈老师打来电话，关心地问起我的近况。那一刻，我那颗强撑已久的心终于软了下来。我藏起所有的坚强，向她倾诉了家里的情况。就像家人一样，他们听着，安慰我，并第一时间为我申请了专项资助。成长之树，再一次，在我最需要的时候，伸出了援手。

我无法用语言完整表达那份感动，但我知道，唯有更加坚定地完成学业，才能回报那些关心我、爱护我的人们。成长之树不仅给予了我物质上的帮助，更在我心中埋下了希望和力量的种子。

感谢那些困难和挫折，它们让我学会坚强；感恩成长之树，是你们在我最灰暗的时刻点亮微光，托举我走出低谷。未来的我，会努力成长为一棵参天大树，去为更多的小树遮风挡雨。因为我知道，曾经的我，也是在别人的庇护下，才学会了向阳而生。

他曾经被点亮　如今为人点灯

罗　琳

龙细，是一棵在成长之树呵护下慢慢长大的小树。他的成长之路，曾是一段被苦难重重包围的旅程，却也因此格外坚韧、动人。

在他年仅两岁时，母亲因病离世，接着奶奶也在第二年离开人世。年幼的龙细与姐姐就此失去了最亲密的依靠。父亲原本在外务工，为了照顾无人看护的两个孩子，不得不回乡耕种维生。几亩薄田，换来的是微薄的收入；母亲治病留下的债务，更沉重地压在这家人肩上。那些年，家中愁云笼罩，生活拮据，龙细常常独自一人坐在田埂上，看着夕阳一点点坠入山间，心中泛起的是无法排解的孤独和无助。

屋漏偏逢连夜雨。初一那年，他唯一的姐姐突发重病，失去了工作能力，原本就捉襟见肘的生活雪上加霜。从那以后，一家人只能靠国家提供的最低生活保障勉强维持生计。温饱尚可维持，教育却成了一个遥不可及的梦。他的课本总是旧的，衣服也常常打着补丁。尽管如此，他从未放弃学习，成绩一直名列前茅。

改变悄然发生在龙细读五年级那年。那时，成长之树前往江西泰和县南溪乡中心小学进行走访，学校领导提到了这个特殊的孩子。当成长之树的工作人员第一次走进龙细的家，他们被那间昏暗简陋却一尘不染的土砖屋震撼了——没有像样的家具，墙角堆着柴火，一张书桌是用几块木板搭起来的，但龙细坐在那里，眼神沉静而专注。了解情况后，成长之树决定资助他。从那天起，他正式成为"成长之树"的一棵小树。

在成长之树的资助下，他得以继续学业，那些藏在书本背后的梦想也悄悄发芽。他不再是一个被现实击倒的孩子，而是学会了在逆境中挺起胸膛。高中时，他通过师范三定向项目，成为未来教师培养对象——那是他人生中第一个清晰的目标：成为一名老师，像当年帮助自己的人那样，去点亮更多孩子的未来。

如今，龙细回到了最初的起点——南溪乡中心小学，成为一名真正的教师。教室里，他站在讲台上，目光坚定，言语温柔。他说话不多，但总能耐心地倾听每一个孩子的故事，用他的经历给予学生最贴近人心的陪伴。

他深知，自己能够走出山村、走过苦难，是因为成长之树曾在他最艰难的时刻，递来一束光。现在，他愿意成为这束光的延续。每一个贫困的孩子、每一个沉默的眼神，在他眼中都像当年的自己。他以身作则，不仅传授知识，更努力帮助学生们建立信心与希望。他常说："教育，不只是传授，而是陪伴、是理解，更是点燃。"

课堂之外，他还积极探索如何把爱心和关怀真正融入教育当中。他试着在课后多留一些时间与孩子们聊天，甚至教他们做饭、种菜、写信。孩子们喜欢围着他转，因为他们知道，这个老师懂得他们的世界，也愿意走进他们的心。

曾经，一个瘦弱的小男孩，在黄泥地里奔跑，眼中写满了迷茫与倔强。如今，他已成长为一位能够为他人遮风挡雨的阳光大男孩，带着深深的温情与责任，在乡村的讲台上静静发光。

龙细的故事，是成长之树最动人的注脚。他曾被点亮，如今为人点灯。那一束爱与希望的火炬，已经在他的手中延续，并将照亮无数个曾和他一样走在暗夜里的孩子。

孤女西莫的眼泪

房　玮

　　见到西莫同学的时候，只觉得她眼睛里有着同龄人并不该有的忧郁，她穿着天蓝色的外套，像高原的天空一样纯洁干净，安安静静地站在我们面前。

　　"她是我们年级的第一名，"老师见到我们第一句话就自豪地介绍，"她现在周末住在姐姐家，平时就住学校，姐姐家也离得比较远，所以……"。老师的话有点犹豫，欲言又止地看了看低着头抿着嘴的小姑娘。"那你们先在学校里找个地方聊一下好吗？"校长及时提议。

　　我坐在西莫同学的身旁，问她："家里现在的情况是？"话音刚落，小姑娘的泪珠就在眼眶里打起转来，她努力地克制着，眼泪终究还是像断线的珠子一样，扑棱棱地掉下来。我慌了手脚，班主任老师连忙跑过来，红着眼眶把小姑娘搂在怀里安慰着，哽咽着告诉我们，孩子的父亲在她二年级时去世，母亲寒假的时候也刚刚因病离世，孩子还有点接受不了，所以情绪容易激动。

　　在随后与孩子的交谈中，孩子告诉我们她有很多好朋友，平时喜欢在一起讲故事，她喜欢《格林童话》；她喜欢住在校园里，也喜欢学习和阅读，最喜欢的是语文课，说到语文课的时候，她下意识地抬头看了看一旁的班主任老师，眼睛里闪着亮亮的光，我们循着孩子的目光看去，年轻的老师微笑着说："嗯，我教语文课。"

　　尽管遭受了巨大的家庭变故，西莫同学的成绩依然很好，她是学校四年级的年级第一名，作文写得尤其好，小时候开朗的她现在有些沉默，但仍然很受同学们的欢迎，喜欢阅读的她总能给同学们带来丰富多彩的故事。

　　我们从班主任老师这里了解到，孩子目前放假只能去已经成家的姐姐家暂住，姐姐家里有三个孩子需要抚养，平时在家操持家务和照顾孩子，家庭负担也很重。

　　父亲去世后，家里都靠母亲一人支撑，去年母亲病重去世后，西莫的身心都遭受了巨大的打击，但坚强乐观的她在学校和老师同学的帮助下努力照顾着自己的学习和生活。说到这些，老师又忍不住潸然泪下几度哽咽。

成长之光　感恩之树

严顺钦

童年的记忆，宛若辽阔无垠的高原般悠远而深邃。在那片遥远而温馨的记忆腹地，静静矗立着一棵树，它沉默不语，却以不屈不挠之姿，深深植根于我心田，为我撑起了一片广阔的天空。这棵树便是"成长之树"，它的陪伴让我在求知的路上，不再孤单，不再彷徨。

初中时代，每周穿梭于蜿蜒的山路，历经一个多小时的颠簸之旅，只为抵达知识的殿堂。路途的艰辛与家境的拮据，曾让未来的轮廓在我心中模糊不清，使得我不禁迷茫：像我这种家庭的孩子，真的能有一个光明美好的未来吗？正是在这时，"成长之树"的出现如同一缕温暖和煦的阳光，穿透生活的阴霾照亮了我前行的方向。初次相遇是在一个阳光明媚的清晨，我收到了来自"成长之树"的资助通知，那数百元的资助于当时的我无异于冬日里的暖阳，作为一笔"巨款"缓解了我物质上的压力，重新点燃了我对学习的热情与对未来的无限憧憬。那一刻，我的心被深深触动，心中的那份激动与感激难以言表，仿佛有一股无形的力量在推动着我，让我更加珍惜每一次学习的机会。

冬日的高原总是寒风刺骨，但每当思及那份来自远方的温暖，心中便涌动起无尽的感激。年复一年，成长之树的资助如约而至，它不仅是我物质上的支柱，更是精神上的灯塔，让我坚信：无论出身如何，都有权利拥抱梦想，绽放属于自己的光芒。在它的陪伴下，我学会了坚韧与执着，面对挑战与困境，总能找到前行的力量，不断超越自我。三年高中生涯费用激增，而成长之树的资助也相应加码，如同春雨般细致入微，滋养着我成长的每一步，我在学业上取得了斐然成绩，心灵亦在磨砺中日益成熟。那些资助金，如同春雨般细腻而持久地滋养心田，让我这颗幼小的种子在知识的土壤中茁壮成长；又如同一座座桥梁，连接着远方的善意与我的梦想。我深刻体会到，成长之树于我绝不仅仅是物质上的援助，更是心灵上的契合和精神上的巨大鼓舞，如同一颗璀璨的星辰，照亮了岁月长河中前行的道路。

时光荏苒，转眼间已是我与成长之树携手走过的第八个春秋，我已从当初的青涩少年成长为一名大学生。每当夜深人静时往事如潮，总会想起那些在成长之树庇护下的日子。趁地利之便，有幸多次探访成长之树，汤老师及团队成员脸上温暖的笑容，使我感受到了家的温馨与归属感。了解了背后的使命与愿景后，我更加敬佩这份爱的伟大力量。

我深信世界因爱而美好，因互助而温暖，因此曾暗下决心以实际行动回馈社会。我积极组织和参与志愿服务，参加公益支教。虽深知自己的力量微小，但只要每个人都愿意伸出援手，汇聚起来的力量便足以撼动山河。过程中我也在不断成长、不断收获，学会了如何去爱、去给予、去珍惜。而这一切的起点与动力，皆离不开成长之树的慷慨相助与深情鼓舞，它教会了我感恩与回馈的真谛，让我明白了坚持与努力的价值，更让我坚信每个人都能成为改变世界的微小而坚定的力量。

站在新的人生起点，回望过去，爱与成长的足迹清晰可辨。我满怀憧憬地展望未来，梦想着用自己的努力书写更加辉煌的人生篇章，更期盼着爱的阳光能普照每一个角落，让每一棵小树都能茁壮成长，最终成为参天大树，枝叶繁茂，荫庇后人。

我的冬天不再寒冷

杨贵蓉

我生活在贵州的一个小山村里，四周都是大山，这里的小学只有一栋窄小的楼房，操场都没别人家院子大，这里会聚了85个同学，像个大家庭。我们每天踏着稀泥上学，唯一的乐园就是教室外的一片草地。冬日我们穿着单薄的布鞋在雪的世界里奔跑。每个清晨我们穿着单薄的衣裳迎着凛冽刺骨的寒风艰难行进在上学路上。艰苦的生活考验着我们的意志，也令我们感到迷茫和无助。然而我们是幸运的，这个世界充满爱，有那么一些可爱的人——成长之树的叔叔阿姨，他们踏着尘土翻过高山来到我们身边。

父亲在外打工独自供我们兄弟姐妹四人上学，家庭非常贫困。哥哥姐姐成绩很好，我是老三和弟弟同年级。小时候，我常常感到愧疚，觉得自己无法减轻家庭负担，而"长大挣钱"似乎遥不可及。每年春天我都会非常期待，期待着城里叔叔阿姨的到来，他们每次都会带一些礼物，有时是温暖的衣裳，有时是崭新的书包，有时是非常好看的运动鞋，有时是我们从来没见过的图书，这些对我们来说都是惊喜。

2017年我开始到镇上读中学，出村的路只有一条，弯弯曲曲，又非常狭窄，路上鲜少有车。每周日都盼着村里谁家出村把我带上，然后在学校住上一周。

这条路走了好几年，陪伴我的都是同学。2019年春天，在四个叔叔阿姨专门的陪伴下，我回了趟家。这些年我有多想邀请这些可爱的人去我家做客，但真的是太远了，开车都需要一个多小时，路况还那么差，谁会去呢？所以当老师问我"成长之树想再去你家看看，可以吗"，我是雀跃的。去我家的路上有点泥泞，错车也很困难，我害怕的事也发生了，车轮掉进了沟里。看着他们跑来跑去垫石头，我想一起帮忙。有个阿姨指了指一个地方说："你别动，风太大了，你穿得也单薄，去那里避风，休息一会儿。"我心里更加内疚了。很幸运，路过的几辆拉土豆的拖拉机停了下来，大家合力把车抬了出来，这时我们已经在路上停留了一个多小时，叔叔阿姨的手上、衣服和脚上都沾了很多泥。

到家后，他们很亲切地和爷爷奶奶聊家常，在得知弟弟没有上学的时候他们有些意外。弟弟去年领助学金的时候请假了，今年也没去学校，他说不想读书了。一位阿姨说想见见弟弟，爷爷带他们过去了，虽然阿姨很温柔在问弟弟的想法，可是他都没有回答，自从妈妈走后，他的性子就沉默了很多，不爱说话。眼看着天就要黑了，我们才匆匆赶回镇上，叔叔阿姨把我送回学校时天已经大黑了。"你好好学习哈，自己注意身体。"在教学楼前，挥手告别，望着他们的车在夜色中渐行渐远。

那个周末我回家的时候听爷爷说，下周弟弟和我一起回学校。那时我才知道，在家访后的第二天，那些叔叔阿姨又来了趟我家，最终在他们的劝说下弟弟同意继续读书，他们给弟弟送来了两年的助学金让他在经济上不要有压力。此时的我们尚且没有能力报答，唯一能做的就是好好学习。

成长之树带着光带着温暖来到我们的生活里，陪我走过六个春秋，让我们的冬天不再寒冷。如今我已经上初三面临中考，叔叔阿姨说过外面的世界很美好，因此我便对世界多了一分期待，多了一分遐想。我希望能像哥哥姐姐那样考上高中，未来还能考上大学，去看看外面多彩的世界。

我们一起长大

金 玥

我的英语老师常说"赠人玫瑰，手留余香"，能成为志愿者去帮助别人是一件非常了不起的事情，也是非常有意义的事情。所以从小我就对做公益这件事充满向往。

后来机缘巧合之下了解到成长之树这个公益组织，通过它我了解到山区有很多与我年龄相仿的小朋友，因为贫困没有机会去读书学习，小小年纪就被迫挑起家庭的重担，耕地，生火做饭，甚至还需要照顾家里的其他人，于是我便决心要加入成长之树，和热心的其他会员一样，去帮助贫困地区的孩子们继续读书学习。

起初资助时我自己也只是个五年级的小朋友，零花钱不算很多，于是灵机一动，我可以利用自己的课余时间做手工，进行义卖来攒钱帮助他们呀！说干就干，其他小朋友在玩，我就安心编织手串，自己摆摊叫卖。这种方式和经历，现在想来，不仅帮我筹集到了资助的金额，也很大程度上锻炼了我的能力。

初二我参加了成长之树的山区走访，去到了贵州六盘水的明远小学。在那边的所见所闻，对我这个在城市出生长大的孩子来说触动很深。尽管我也在电视上，或者是网络上，或多或少了解过一些当地的情况，但当自己身临其境时，受到的震撼是无法用语言形容的。见到那边的学生求学的困境、生活条件的艰苦，更加坚定了我要帮助他们的决心。

最早选择资助对象时，我挑选了一个小我两岁的女孩。通过成长之树的平台我能了解到她每年的学习生活情况，真有一种我与她相伴成长、一起学习、一起进步的感觉。后来我考上南京医科大学，在临床医学专业进行学习，而我资助的这个小女孩也上了卫校，现在是一名护士，让我不得不感叹我们之间这样有缘分，也为这个女孩如今的生活感到欣慰。

如今回首，我与成长之树相识已有十一年，感谢成长之树，伴我长大，祝成长之树长成一棵更有能力呵护小树的大树。未来我希望能够与更多需要帮助的小朋友结缘，以我的微薄之力去影响去改变他们的生活。在善意的双向奔赴中，每个普通人都如星辰，微小但释放着自己的光芒，最终交汇成灿烂的星河。

一场爱与成长的旅程

任昕宇

从我记事起就知道了成长之树，关于成长之树的回忆，像是很多碎片的拼凑，遥远却深刻，它们如同一颗颗宝贵的珍珠，点缀了我的童年。

我的父亲工作总是很忙，但一提到成长之树的事情，他总是尽量重新协调工作的时间，积极地投身其中，许多活动父亲也会带上我一起参加。父亲曾跟我说："昕宇，比如你生日，有什么愿望，想要什么生日礼物，家人总是能满足你，但有一群孩子，他们渴望读书却连学费都交不起，也许他们的愿望只是能坐在课堂里学习，但他们贫困到连这样的愿望都不敢跟家里人提。"

我很受触动，于是随父亲踏上了前往青海看望这些山区孩子们的旅程。听说青海有壮美的山川、澄澈的湖泊，我对这片广袤而美丽的土地充满了期待。而到了山区，我看到小朋友家里破破烂烂的，虽然不会漏雨，但是卫生条件真的非常糟糕。我更不愿意踏入他们家的洗手间，刚靠近，就闻到臭臭的味道，我恨不得立马逃回家，但我知道，这次旅行是来体验、学习的。我慢慢让自己去适应，还和这边的孩子成了好朋友，我们相处得非常愉快。

当清晨第一缕阳光洒落在青海的大地上，我看着金色的光芒与连绵的山脉相拥，非常壮观。我还去看了像蓝宝石一样璀璨的青海湖，感觉自己心里也清澈得像湖水，开阔得像高原。我觉得我喜欢上了这个地方，不仅因为这里壮观又淳朴的景色，更因为我和这里纯真的孩子们结下的深厚友情。

成长之树的拍卖会也给我留下非常深刻的印象，拍卖会的环节不仅可以让我欣赏到名家的书画作品、陶冶情操，还能集到善款帮助山区的小朋友们，我觉得这是非常好的创意。每次看到大家积极地举牌竞价，我也忍不住参与，也拍得过一些作品。我的父亲非常支持我。虽然我不知道艺术品实际的价值，但觉得能帮助到别人，这就是无价的。

我也不知道什么时候我们这群跟着成长之树一起长大的孩子有了"树二代"的称呼，但是我为这样的称呼感到自豪，希望成长之树做得越来越好，可以帮助更多的人。每次参加成长之树的活动，都是心灵的洗涤，更是我成长的一个重要助力。

两代人共写爱的年轮

张泽宇

今年，是"成长之树"走过的第十五个年头。十五年的风雨兼程，滋养了上万棵"小树"，也吸引了五千多棵"大树"。而我，何其有幸，我的妈妈就是其中一棵"大树"。

今年也是妈妈加入"成长之树"的第八年——而我与成长之树的缘分，也恰好八年了。八年前，妈妈告诉我她换了一份新工作，是"成长之树"的专职工作人员。那时我还在上小学，年幼的我并不理解，为什么妈妈要选择这样一份听上去有些"小众"的工作？

从那以后，妈妈的生活和以前完全不同了。晚上，她常常在书房继续工作，我就在她身旁做作业。除了正常上班，妈妈几乎每天都在打电话，有时一聊就是大半天。她几乎每周都要参加活动，周末常常只剩下一天可以休息。一起出门时，她经常在原地停下，回消息、接电话，我回头一看，她总站在不远处低着头忙碌着。最让我印象深刻的是，有次爸爸问她为什么吃饭也不肯停下来，她只是淡淡一笑说："资助人利用自己的休息时间来关注成长之树，我又有什么理由不在休息时间回复呢？"

有一天我终于忍不住问妈妈："你为什么要做这样一份忙碌又累人的工

作？"她没有直接回答，只是轻轻点开"成长之树"的官网，指着那些照片让我看——是一个个山区孩子，眼神澄澈，却面容清瘦、衣着简朴。他们的目光让我一震，但那时的我，也只是在心中泛起了片刻涟漪，转瞬归于平静。毕竟，这样的照片，在网络上并不罕见。

直到后来，妈妈带我亲自走了一趟苏州的民工子弟小学。那是我第一次切身感受到，原来那些"照片里的孩子"，离我竟如此之近。

那是一幢破旧的房子，我难以相信它竟是一所学校。妈妈带我走进教室，和孩子们一起剪纸、包饺子。中午，大家围坐吃饺子时，我没有动筷，只是坐在一角，看着他们一口一口扒拉着饺子的模样，眼眶不觉湿润。他们和我差不多大，却生活在截然不同的世界里。

从那以后，我们全家人的生活都因为妈妈的工作悄然发生了变化。爸爸成了妈妈的"专职司机"，负责搬运一堆堆活动物资；我也跟着妈妈去参加公益徒步、各地大润发义卖、成长之树的年会。这些活动，曾是我生活中从未出现过的画面。

一场又一场义卖活动中，我从那个羞涩地举着收款码、默默站在角落里的少年，成长为能够主动向路人招呼、努力叫卖的"绿马甲"志愿者。我也曾作为年会拍卖会的礼仪，戴着白手套，举着拍品站在台上，看着台下的叫价声此起彼伏。每一次价格抬高，我都感到那份"重量"更沉了些——因为我知道，那意味着又有几个孩子可以继续上学了。那一刻，我觉得无比骄傲和自豪。

妈妈每次整理走访的照片时，都会叫我一起看看山区孩子们的近况。孩子们乖巧懂事，收到资助款时的喜悦仿佛透过照片传递出来。这些画面让我更加深刻地理解了妈妈的工作，也让我明白，成长之树的意义远不止物质的捐助。

妈妈常说，比起助学金，孩子们更珍惜的是"大树们"的信。他们可能素未谋面，但那份牵挂和惦念，如春雨般润物无声。正如哲学家雅斯贝尔斯所说："一棵树摇动另一棵树，一片云推动另一片云，一个灵魂唤醒另一个灵魂。"

受到妈妈的影响，也受到成长之树精神的感染，我在大学里加入了南京大学天健社（也叫"唐仲英爱心社"），并有幸成为社团的骨干成员。作为一名"树二代"，虽然我现在还没有能力去资助山区学生，但我愿意尽自己所能去帮助身边的每一个人，做力所能及的公益事。

　　未来的某一天，我希望我也能真正成为成长之树的一员，像妈妈那样，像"大树"们那样，继续陪伴"小树"们在风雨中成长，把这条温暖的路坚定地走下去。

在给予中获得成长

郑陆易

2013年，我刚10岁就成为成长之树的一员。从那年起，成长之树走进了我的生活，也悄悄改变了我对"成长"的理解。

我和成长之树的缘分，源于我的母亲——陆建芬。她是义工联的成员，从我还在上小学时，妈妈就经常带我参加社区的公益活动。小时候的我并不明白公益的真正意义，但那一次次亲身参与的经历，让我体会到了助人为乐的喜悦，也在心里种下了一颗"为他人做点什么"的种子。

在公益活动中，我接触到了成长之树，了解到在一些偏远的地区，还有很多和我年纪相仿的孩子因为家庭贫困，失去了上学的机会。他们在本该读书的年纪，就不得不为生活奔波。我第一次意识到，自己生活在这样一个充满资源与机遇的环境中，是多么的幸运。从那时起，我萌生了一个念头：想为这些孩子做点什么。

我开始把每年过年收到的压岁钱一点点攒下来，捐给成长之树，帮助那些我未曾谋面的孩子们。这份习惯，一直延续到了现在。

在成长之树的这些年，我参与了几乎所有的义卖活动。印象最深的一次，是我抱着募捐箱在活动现场奔走。虽然挥汗如雨，但想到每一次募捐都是为了让远方的孩子们有机会继续读书，心里就充满了踏实与喜悦。这些场景早已烙印在我的记忆里，成为我成长过程中最宝贵的经历。

我也曾两次随成长之树前往走访：第一次去的是江西的两个贫困县，第二次是江苏泗阳。从大城市出发，车窗外的风景逐渐变得荒芜，那种从城市到乡村的强烈落差，深深震撼了我。那些破旧的校舍、蜿蜒的山路、孩子们渴望知识的眼神，都让我真切地感受到了"贫困"背后的无奈。

记得在泗阳的走访中，我遇到了一位瘦弱的母亲。她个子很高，但脸色苍白。她告诉我们，她的丈夫因车祸去世，留下两个年幼的儿子和一个需要照顾的病重婆婆。这种命运的重担，压在她一个人的肩上，生活的艰难可想而知。

也正是一次次这样的走访，让我对"帮助"有了更具体的理解：不只是捐款，更是看见对方的生活，理解他们的困境，然后把希望带给他们。

我的祖辈出身贫寒，外婆不识字，却常对我说："唯有读书，才能翻身。"奶奶也经常念叨"读书翻身"的道理。这不仅是一句家训，更是一种生活态度，一种对未来的信念。我始终相信：教育是改变命运的钥匙。每一个孩子都应该有平等受教育的权利。

如今，我看到那些曾被我帮助的孩子慢慢长大、走上求学之路、改变人生轨迹，那种成就感无法用言语来形容。我更深深地感谢成长之树，是它让我在"给予"中获得了成长，也让我明白了爱与责任的真谛。

以爱为名 步履生花
——记成长之树的工作团队

黄静玥

十五年的光阴，对于"成长之树"而言，是一场漫长却坚定的跋涉——一群同频者，以爱为名，以初心为炬，肩负起照亮他人生命的责任。他们没有华丽头衔，没有显赫背景，却在公益助学这条崎岖小路上，默默走出了属于自己的繁花盛景。他们就是"成长之树"的工作团队：一群与众不同、内心炽热、执行力爆棚的"战士"。

志同道合者：从四面八方聚来的一颗颗"心"

公益不是一个人的战斗，而是一群人的携手前行。如何定义成长之树的"工作团队"？是全职员工？监事会？理事会？还是所有投身于事务中的志愿者？其实难以定义。但可以确定的是，我们都属于这个大家庭，在为自己热爱的事业倾注心力。"成长之树"的工作团队成员来自五湖四海，有教师、企业家、公司职员、企业高管……他们本可以在自己的岗位上安然生活，却因共同的信念汇聚于此。

在"成长之树"初创的前五年，这个没有一名专职员工的团队，在一次次争论中锤炼出清晰而坚定的资助原则："自觉自愿、不图名、不图利、按需募捐、一对一资助、长期性、隐私保护性"，也确立了根基般的宗旨——汇聚零散爱心，为孩子们的成长撑起一片树荫。这些原则至今未变，早已铭刻进每一位团队成员的心底，成为他们笃行不怠的信仰。

从烽火路到乐嘉汇：一个"家"的落成

在城市一隅，烽火路，那时的一张工位，就是"成长之树"最早的阵地。几位成员围坐一桌，吃着几块钱的盒饭，嘴里却讨论着资助多少个孩子、怎么联系学校。即便是后来搬进巾帼公益园，也不过是一张工位，开会得"打游击"——哪位会员有空闲场地就去哪里。

直到朱总无偿提供了一间办公室，一切才逐渐稳定。再到后来，成长之树在乐嘉汇有了真正属于自己的"家"：石喜英在窗边打了一排柜子，金子搬来一台冰箱，崔云赞助了一口大锅。一个简陋却温暖的开放式厨房里，热腾腾的饺子一煮，笑声一响，家的味道就升腾了起来。

汤老师常说："要善用每一分钱。"于是组织自发形成了"不成文"的规定：空调必须全员表决过半，才允许开启。冬天不开暖气成了常态，大家哈着气、搓着手，但心却是热的。

1206室——是办公地，更是我们的"精神家园"。

最温柔的执拗：用较真的态度，做温暖的事

成长之树的工作会议，往往从一场"零食攻势"开始。阚文政乐呵呵地往桌上摆满薯片、饼干，高喊着"快乐公益"，而汤老师则一边皱眉，一边念叨："又要养胖他们了！"小吴塞着薯片被点名，笑着差点呛了出来。

这种轻松背后，是最真诚的较真。每一次会议，都是思想的碰撞场，每个人都可以畅所欲言，哪怕是反对、批评。争论最激烈的，永远不是"谁做主"，而是"孩子们的利益是否最大化"。

一次，苏州地区负责人崔云因项目意见与汤老师"激烈交锋"，她被怼得眼圈发红。那晚她气鼓鼓地想"退群"，可第二天一早，为了义卖，她还是开着玛莎拉蒂拉着满满一车的一两元的小物件出发了。她说："我也曾想，干脆把义卖的钱直接捐了，但这不是钱的事，这是关于爱的传递，关于大家在一起的力量。"

工作团队争议不断，分歧频发。网络如何搭建？新项目是否引入？执行细节该怎么落实？常常争得面红耳赤。这种"较真"，只为了一个目标——让成长之树更加透明、有力、有温度；让山区的孩子们，得到更实在的帮助。

卷出奇迹：我们从不认输！

在"成长之树"，你会看到一种特别的"卷文化"——我们不是为了攀比，而是因为心里藏着一群孩子。我们晒的不是旅游照，而是资助学生的大学录取通知书；我们聊的不是订单成交，而是山区的走访故事。

成长之树初创时期，物资匮乏，资金短缺，但总有人想办法解决，那时候孙明华带着糕点、宋国祥带着橙子来义卖，王友美会说：如果没有完成筹款目标，我来负责最后的临门一脚！

每年的99公益，都是一次硬仗。2023年那次，眼看筹款进度条迟迟上不去，汤老师都想放弃了。而崔云、金芳、陆云霞、罗湘洲等人却默默列出几百个联系人，逐一沟通、发送文案。即便最后要自掏腰包，他们也要保证孩子们的资助目标不落空。最终，在倒计时的最后10分钟，他们奇迹般完成了任务，震撼了所有人。

2024年，月捐项目如火如荼地开展。崔云在公司开茶话会推广，阙总到寺庙手把手教师父操作手机捐赠，如今他已发展了98位月捐人。

每一场拍卖、每一场义卖、每一次转发朋友圈，都是一次次爱的"合力"。我们用不服输的劲头，把不可能变成"可以"！

成长与绽放：在爱的土壤里发芽

2024年，高世红带领团队将会刊从封面到内容全线升级，封面设计更有时尚感，内页排版更加考究，新增"小树长大了"这个栏目，更是让读者眼前一亮。读了受助孩子的成长故事，读者纷纷留言："这不仅是会刊，更是一部爱的记录。"

而"金牌拍卖师"罗湘洲，则首创用"资助孩子数"代替价格竞拍："这幅书法值不值6个初中生的未来？""现在6个初中生了啊，这件书法珍品可是非常难得，还有没有加个小学生的，来个非常6+1？"这种以"孩子为单位"的拍卖方式，不仅点燃爱心，更富有教育意义。拍卖师、捐赠者、竞拍者，对每个人来说成长之树的拍卖会都是一场爱的修行。

一棵树的年轮，一群人的故事

窗外的树影，又添了十五圈年轮。成长之树，这棵爱心之树，也在默默扎根、向阳生长。

阙文政给成长之树带来100多名会员，一场直播就筹集了5700多元助学款。李新文作为一家公司的老板，却活成了成长之树的"滴滴司机"，随叫随到。罗湘洲从2015年至今，连续主持了35场拍卖会，没有一场流拍。高世红编辑会刊10年，连自己公司的员工都要一起排版。团队中的每个人，都像被施了"成长魔法"的孩子，一起向光而行。他们不是为了"工作"而来，而是为了一个共同的梦——让更多孩子读上书，拥有选择人生的权利。

我们坚信，爱可以生根发芽，善可以代代相传。平凡的我们，在不凡的坚持里，种下每一颗希望的种子，用较真的态度，做最温暖的事。

不为工作而来　却为热爱扎根

黄静玥

乐嘉汇1206室：成长之树的心跳在这里

在乐嘉汇第十二层，有一个不为人知的小天地——1206室，这里是"成长之树"工作团队的驻地，有四名专职工作人员负责成长之树的日常工作。它不是一个普通的办公地址，也不是一处简单的工作场所，而是一段段温情故事的发生地，是梦想与爱悄然生根发芽的地方。

快乐密码：一顿饺子

推开1206室的门，一股饺子的香气扑鼻而来。这里的饺子，不是速冻的，也不是外卖送来的，而是工作人员亲手包制的"爱心饺子"。晓丽、陈尘热情忙碌地招呼大家多吃，小吴则乖巧细心地递茶送水，温和腼腆，令人心安。

最初，吃饺子只是成长之树成立初期每月工作会议的一个简单传统：10元一碗的素饺子。但随着物价上涨、成员增加，有人提议不如自己动手包——于是，一项"传统"就这样诞生了。

灵魂酱汁的故事也始于此。来自山西的伙伴建议尝试加入蒜泥，晓丽便开始钻研蘸料比例，最终调制出一款令人惊艳的酱汁，成了团队饺子宴上不可或缺的"点睛之笔"。

饺子一出锅，热气腾腾、香气扑鼻。饺子、笑声和灵魂酱汁，成为每次工作会议的暖场，也成了大家心中"成长之树"的快乐密码。

工作标签：节俭与付出

尽管环境改善，成长之树省吃俭用的传统却没变。汤老师常说："要善用每一分钱。"所以办公室空调开与不开，需三伏天热到极点大家表决，半数以上同意才可以开。至于冬天开暖气，编外工作人员笑说："靠哈气取暖，靠饺子暖心。"晓丽一脸认真地说："2024年整个冬天没开过暖气，这不，2025年春天都快来了。"

工作人员日常精打细算，付出时又从不计较：2024年全年共53个周末，全职人员能完整休息的不到20个；上班时间是8:30至17:30，但几乎没人准时下班；没有调休，也没有加班费。

陈尘说："我把下班后的自己当作志愿者，因为热爱这份工作。"

晓丽说："志愿者下班后都来帮忙，我没理由不更加努力。"

小吴说："很多事情让我感动，我也想尽我所能地付出。"

魅力之源：热爱与成长

有人工作为生计，有人工作为梦想。而成长之树的工作人员，来这里，不为"工作"本身，而是因为爱。

2012年，成长之树还没有网站，陈尘捐出了两台电脑。2013年白马涧活动，她又抱着一只巨大的熊来义卖。后来，她成为视频志愿者，再到2018年正式加入团队，一干就是七年多。"我只是想安静地做一件有意义的事，"她说，"因为热爱。"

小吴是团队的新成员。她在2024年年会上的演讲，打动了许多人。原本紧张不安的她，在陈尘和晓丽的陪伴下，一遍遍练习稿子。汤老师、小薇、崔云的鼓励与指导，成就了她舞台上那一刻的自信与闪光。

小吴也分享了她的一次视频连线经历：一个靠母亲打工维持生活的家庭，父亲下肢瘫痪，却总是笑着面对生活，还靠卖气球贴补家用。那份乐观与坚韧，在她心中留下深刻烙印——成长，从来不是宏大的命题，而是日常点滴的积累；热爱，也从不是口头承诺，而是长久的坚持。

我们相聚在乐嘉汇1206室，一个平凡却藏着奇迹的地方。这里的故事，关于爱、关于奉献、关于梦想，也在等待着你——愿意倾听的有心人。

以笔为犁开拓精神家园

罗 琳

在成长之树的办公室里，十几本逐年增厚的会刊静静地排列在书架上。这些会刊不仅是所有会员的共同记忆，更是创始人汤老师带领志愿者编辑团队，十五年如一日默默坚守的见证。从最初的28页到如今的92页，从手工排版到内容体系的逐步成型，会刊三次重大改版，早已超越一本刊物的功能，成为这棵大树精神的家园，记录着每一份爱心、每一行足迹、每一个希望的萌芽。

会刊的种子，种在一颗初心里

2014年，《成长之树》第一期会刊诞生。那时排版简陋、制作粗糙，但汤老师却视若珍宝。他说："哪怕只有三篇真实故事，也是所有成长之树伙伴们的共同记忆。"一位老志愿者回忆："汤老师抱着那摞刚印出来的会刊，眼里闪着光，仿佛已经看到了未来的模样。"

2015年，会刊迎来真正的转折点。志愿者高世红的加入，让这本刊物从内容打磨到排版设计焕然一新。接下来的十年，汤老师与她形成默契的搭档：一个奔走在助学一线，挖掘故事；一个沉心于文字世界，雕琢内容。正是这样的双向奔赴，为成长之树会刊注入了生命的温度。

汤老师常说："我们不能只记录苦难，还要看到希望。"他笔下的《石板之行》《星星之火，可以燎原》等几十篇文章，字字有情，句句带光，感动了无数读者。他亲自审阅每一篇走访报告，他的电脑永远打开着两个窗口：左边是校对稿，右边是学生数据库。

用真情与专业，织成温暖版图

随着志愿者队伍的壮大，会刊的编辑工作也逐渐走向专业化。从最初的四个版块，发展至如今结构清晰、内容丰富的九大版块——《树二代》《我们长大了——小树》等栏目让人看到了受助孩子的成长，也增加了会刊的温度与观赏性。

规范曾是编校工作中的一大难题。早年，志愿者们对语言和标点掌握不一，常常引发"技术性争议"。如今，随着专业人士的加入和AI校对技术的引入，会刊的品质也迈上了新台阶。

编辑部的志愿者们来自五湖四海，职业各异，但无一不是倾注热情。他们白天奔波于工作，晚上视频会议常常开到深夜，从选题、标题、内容打磨到版面设计，耗时耗力，却无人抱怨。高世红感慨："每年这两个月的编辑期，像是一场无声的战斗。我们像在串珠，把一颗颗散落的真实故事串成一串温暖项链。"

连接情感的桥梁，照亮爱的路径

为了增强可读性，会刊逐渐开设多个专栏，从不同角度讲述公益助学的动人故事。它既忠实地记录着原创者的声音，也不乏记者的深度采访，努力让每一篇文章都饱含温度与力量。

如今，会刊的读者遍布全国超过五千位资助人和志愿者，它既是向大家汇报工作的窗口，也是情感的桥梁与公益理念的传播者。它不仅传递信息，更唤起善意、联结心灵，激发更多人参与公益助学的热情。

一纸铅字，镌刻爱与信念的光芒

"成长之树"的底色，是爱与善。而这本年年如约而至的会刊，正是那份信念的纸上年轮。汤老师对它充满期待："我们要一年一年坚持办下去，认真记录成长之树的点滴，让这些文字成为力量，成为希望。"在这棵成长的树下，每一个用文字灌溉的日子，都开出了温暖的花朵。

公益直播：为"爱"痴狂

王 华

　　歌曲《为爱痴狂》中有这样一句歌词："想要问问你敢不敢，像我这样为爱痴狂"。曾经，我以为这首歌只是在描写爱情。但人到中年，我才真正明白，除了爱情，还有一种更广阔、更深沉的爱，会让人为之痴狂、为之奋斗，那便是对公益的热爱，是对孩子们命运的深情牵挂。这份"痴狂"，在成长之树的公益人身上体现得淋漓尽致。他们或许沉默寡言，但为了贫困山区那些求学的孩子，他们不仅为钱奔波，也为爱奔忙，开始了"公益直播"的新尝试。

直播首秀　点亮希望

　　2020年新冠疫情的突袭，让原有的筹款模式遭遇前所未有的挑战。成长之树原本以线下走访、面对面资助为主要形式，而疫情打乱了这一切。可孩子的求学不能等，爱也不应被暂停。在这样一个特殊背景下，成长之树大胆探索，2022年4月23日"世界读书日"，成长之树开启了首次12小时不间断公益直播。

　　这场别开生面的"云端献爱心"活动吸引了2863人次围观，总热度达

1221，点赞数高达5.2万。通过义卖、电子会刊购买等形式，观众不仅了解了成长之树的助学项目，也直接参与到帮助孩子的行动中。直播当日筹集善款4820元（其中义拍2990元、专项助学1830元），全部用于"别让崽崽们再失学"长期项目和专项助学计划。

义拍直播　痴心不改

自2022年起，每月15日，成长之树都会如约举行线上义拍。这一机制，已经成为公益助学的一项"固定节目"，每一次都牵动无数人的爱心。

主播陆云霞和罗湘洲，是直播间最亮的"星"。陆云霞虽已离职，却始终心系公益。每月15日，她都会出现在镜头前，精神抖擞地讲解每件拍品。罗湘洲自2014年加入成长之树，倾力支持每一场义拍。不仅提供手绘油画作为拍品，还曾和同事们发起"HELP2爱心基金"，成功感召3780人次，筹得31万元善款，创下成长之树单笔筹款最高纪录。他说："一个人的力量无法影响世界，但一群人的爱可以。"每一场直播，他都雷打不动地参与，从策划到宣传，从义拍到助力。他们是真正"为爱痴狂"的人，用行动演绎着不离不弃的公益情怀。

群英荟萃　为爱发光

成长之树的公益直播，不只是几位主播的坚持，更是无数爱心人士的集体合奏。

李新文，原本沉稳寡言，却成了直播助学的"头号主播"。他不仅捐出多样拍品，还常常自己竞拍回购再捐出，用最"痴狂"的方式支持公益。

阙文政，连续三年参与专项助学直播，曾向寒山寺高僧求书画作为义拍拍品，让直播兼具艺术与人文气息。

昆山的王友美，不仅资助十多名学生，更亲赴四川、云南等地实地走访。现在她成为昆山常驻主播，忙碌之中仍不缺席每一次爱心接力。

此外，苏州市第三中学上官乐风老师、昆山理事唐桂林、企业家顾经、无锡的米乐与葛玟均、上海的刘剑……一个个熟悉的名字，一张张坚毅的面孔，共同撑起了这棵庇荫无数孩子的"大树"。

每月的义拍直播上,捐赠者慷慨,购买者热情。花洒、陈皮茶、牙齿美白仪……一件件拍品凝聚着善意,一次次点击点燃着希望。他们不是明星,却比明星更耀眼;他们不是富豪,却汇聚出最珍贵的财富——爱心。

携爱同行 永不止息

我们无法改变很多事情,但我们可以通过自己的努力改变一些孩子的命运。成长之树的公益助学之路,正是由一个个"为爱痴狂"的人铺就的。他们让公益不再是冰冷的数字,而是温热的牵挂;他们让直播成为连接爱心与希望的桥梁。

未来,成长之树的公益直播还会不断改进与升级,只为让爱传播得更远、更久、更有力量。愿这群为"爱"痴狂的人,在公益的路上永不停步,点亮更多渴望知识的眼眸,温暖更多追逐梦想的灵魂。

种下星辰的人

黄静玥

在这片我们热爱的土地上，有这样一群人，他们扎根在偏远的山村，用知识的火种点亮孩子们的未来。他们或许是支教老师，没有编制，没有工资，却依然坚守在三尺讲台；他们或许是代课老师，收入微薄，却从未放弃对教育的执着；他们或许是那些工资低微的乡村民办教师，默默耕耘，只为让更多的孩子走出大山，去看更广阔的世界。

2018年，成长之树开启了"一对一资助教师"的公益项目，将温暖与希望传递给这些默默奉献的教育者。曾经的教学基金资助，也转成了更精准的一对一帮扶。截至2025年4月30日，成长之树已资助了160位老师，他们分布于全国各地的偏远山区，用爱与责任守护着孩子们的梦想。这160位一对一被资助的老师，背后是160个与成长之树结缘的感人故事。他们的生活或许清贫，但他们的精神却富足到让人敬仰。十年育树，百年育人，他们是乡村教育的脊梁，是成长之树的同行者，也是种下星辰的人。而那些星辰，终将在未来的某一天，化作照亮世界的光。

周玉阳、胡天勇：点亮石板村的希望

石板小学坐落于贵州省毕节市赫章县兴发乡石板村，它像一颗被遗忘的珍珠，孤零零地嵌在群山的褶皱中。胡天勇蹲下身子，捧起孩子冻得通红的小手，轻轻哈了一口气。这个动作与十五年前别无二致，仿佛时光从未流逝。

2010年，胡天勇到石板村走亲戚，偶然间看到了石板小学的孩子们，那些冻得通红的小手、渴望知识的眼神，深深触动了他，恰逢香港慈福行动（慈善机构）在学校开展扶贫活动，经过村主任介绍，胡天勇获得每月1800元的生活费，便毅然决然地辞去了城里的工作，开始了支教老师的生涯。那时学校总共100多名学生，而在册的7名公办老师全是代课教师，其中3名老师的学历为小学。胡天勇就和一起来支教的周玉阳老师扛下了五六年级的教学重任。

其实那会儿，石板小学是没有五六年级的，孩子们若想继续读书，只能去兴发乡。然而，兴发乡的学校没有住宿条件，父母需要为孩子们租房。对于这里的大多数家庭来说，经济条件根本无法支撑这样的开销。于是，四年级结束后，女生一般会选择出嫁，男生就背上行囊，外出打工，读书成了他们遥不可及的梦想。慈福行动来到赫章后，周玉阳老师和胡天勇老师便把这所学校的五六年级办了起来。

2012年7月，周玉阳老师的合同到期了，但他始终放不下这些孩子。他毅然卖掉了自己在深圳的两套房，带着15个孩子前往江西省九江市九江县（现柴桑区），供他们生活和读书，后来周老师又陆续带了一些孩子出山读书。成长之树正是通过周老师联系上了石板小学。

胡天勇老师合同到期后，教学事业也陷入了困境，2013年汤老师带领成长之树团队来到石板村走访考察，结识并资助了胡老师，让胡老师能更加安心地站在讲台上传授知识，帮助孩子们成长。

数学和英语是胡老师的教学强项，他教的学生，英语成绩是学校名列前茅的。胡天勇老师自从拿起粉笔，便十年如一日，用粗糙的双手在黑板上写下一个个数学公式和英文字母。在成长之树每月1200元的支持下，他将这些冰冷的数学符号、英文字母化作一颗颗闪烁的星辰，点亮了孩子们眼中的光。

胡老师有一本珍藏的笔记本，翻开泛黄的纸页，字里行间写满他对学生的骄傲，其中一页，工整地记录着他的得意门生杨同学因家里债务辍学后，经成长之树的资助和鼓励，又重返学校，并考上了好大学，从一个放牛娃蜕变为一名"万能教师"。另一页上，写的是陆同学当年超一本线30多分考上医学院，如今成了市立医院救死扶伤的医生。

十三年来，在这片贫瘠的土地上，当阳光洒在石板小学的校园里，孩子们清脆的读书声回荡在群山之间。胡老师说：将来我会一直坚持在支教的路上。而成长之树与这里的教师们，将继续支持帮助有需要的孩子，期待他们拥有更好的明天。

邹志鹏：淡泊名利，只为梦想前行

邹志鹏正将最后一块煤饼添进教室火炉。炉火噼啪作响，温暖的气息渐渐驱散了冬日的寒意。十六年来，邹志鹏老师辗转十余所偏远学校，口袋里永远揣着半块冷馍。作为支教老师，没有编制，没有工资，邹老师靠着自己寒暑期打工挣的钱维持生活，如果能省下来一些，他便去帮助那些贫困的孩子们。

"当年是成长之树捐赠的空调让四十个孩子告别了寒冬。"他边感激地说着边摩挲着褪色的书法卷轴，那是他捐出笔记本电脑时唯一留下的纪念物。作为邹老师为数不多的"宝贝"，只要能帮助到别人的，他便会毫不犹豫地捐赠出来。

炉火映照的墙面上，"道德模范"的奖状在热浪中微微卷边，如同微微翘起的嘴角，迫不及待地想向大家述说这位自费支教老师的故事：2007年感动无锡教育年度人物；2008年江阴市优秀志愿者；2021年无锡市最美家乡人；2022年郏县道德模范……当旁人赞叹邹老师这些数不尽的荣誉时，邹老师神情淡然，他在乎的只是那些孩子们的未来。

邹志鹏说："这十几年，我先后去了毕节、六盘水，铜仁，后来又去了河南、广东，我在学校主要教语文、数学，还有道德与法治。除了教给他们文化知识，我还教他们如何做一个有爱心、有责任心的人，道德教育是最为重要的，我会带他们去捡瓶子，让他们有环保意识，卖出去的钱捐给需要的人，让他们有爱心，也会带他们去看风景，让他们注重锻炼，学会感恩。我现在教过的学生有1000多个，今后我还可以去影响更多的学生……"

邹老师常说哪里贫困他就去哪里，他用纯净的心灵和无私的关怀陪伴一批又一批的孩子走过人生中最重要的阶段。邹老师谈到2023年经济压力太大，但是很幸运，成长之树的帮助就像是雪中送炭，让他可以继续投入到热爱的教育事业中去。

索拉多吉：亦师亦友的双语教师

石渠县飘雪的清晨，天地仿佛被白色的幕布覆盖，静谧而圣洁。索拉多吉老师用藏汉双语讲解着青藏高原的形成。多媒体设备投射的冰川影像里，映出了孩子们亮闪闪的眼睛。曾经，这里有些学校位置偏远，交通不便，教学设施落后，甚至桌椅都破旧不堪，但近年来，在政府和公益组织的支持下，学校有了多媒体教学设备、电脑室等，教学条件得到了极大的改善。

清脆的铃声响起，下课了，索拉多吉老师并未休息，而是留在教室里，利用课间时间和同学们聊天，了解他们的学习和生活状况，他深知孩子们的心理健康极为重要，所以常常和孩子们打成一片。同时，索拉多吉老师也是一位非常积极上进的人，他特别喜欢参加学校组织的教研活动，通过与其他老师交流教学经验，不断提升自己的教学质量。

窗外经幡猎猎，室内的双语板报上，汉字"梦想"与藏文"ལམ་སྐྱོལ"（道路）在晨光中相映生辉。索拉多吉老师搓搓手，感慨地说："以前啊，许多家庭因为经济条件差，观念也比较落后，觉得孩子读书没有什么用，还不如早早辍学去放牧或者务农。那时候的辍学率可高了，看着孩子这么小就离开学校，我心里也不是滋味。近年来教育扶贫政策落实、控辍保学工作加强以及教育观念转变，辍学率明显下降了。现在我们也在不断努力提高教学质量，加上各类教育资助政策，学校的升学率一直在稳步提升，读上书，读好书，我们的学生未来就能有更多的选择。"

索拉多吉老师对当地传统文化传承非常重视，他深知藏文化是这片土地的灵魂。"十年前我教过的学生次仁顿珠，现在在西南民大研究藏语数字化。"索拉多吉老师抚过崭新的电子白板自豪地说。他希望在学校的课程设置和活动开展中，能更多地加入藏文化特色。他想象着孩子们穿着传统的藏服，跳着欢快的锅庄舞，学习着古老的藏文书法。如果能开展文化交流活动，让更多的人了解石渠文化，吸引更多的资源来支持文化传承，那就太好了！

索拉多吉老师带过的学生一拨又一拨，有的学生考上了成都、重庆等地的重点高中，享受更优质的教育条件，还有些学生受到老师和公益组织的关爱后，积极传递爱心，在学校主动帮助同学，参与志愿服务活动，有的成为班级的小助手，协助老师管理班级；有的组织参加互助学习小组，为成绩较差的同学辅导功课。

高原的风裹着经幡的吟唱掠过校舍，成长之树会一如既往地帮助这里的老师和孩子们，而这里的每一个孩子、每一位老师，都在为这片高原带来希望。

香巴拉——同频同行的公益组织

云南香巴拉公益组织名字出自英国作家詹姆斯·希尔顿的《消失的地平线》，寓意人间净土。创始人陈慧老师向成长之树创始人汤永坚老师讲述了支教老师补助筹款遇到困难的情况，汤老师当即决定资助3名支教老师，而那时成长之树的筹款工作因为支付宝平台政策调整也造成较大的资金缺口。至此，成长之树与香巴拉公益合作，两个公益火把终于交汇成光，将为更多的老师，孩子带去助力和希望。

联合雪启专项公益基金——为扎溪卡的教师撑起一片天

2024年，雪启公益遇见了成长之树。何教授与汤老师、陈丽霞老师初次交流时，便被成长之树的规范、无私与热忱打动，当即决定一次性资助30名师生。按原计划，理事长何教授与成长之树一同前往石渠走访，但中途因为高原反应，何教授只得从西宁折回，雪启公益基金为了不耽误资助进程，2024年12月初，雪启的另外两名理事徐教授、侯总作为代表出发前往调研。

此时的川西高原，天寒地冻，已经开始下雪封山，藏民心中的太阳部落石渠（藏语名：扎溪卡）——这座被誉为云端之城的地方，平均海拔4526米，位于川、青、藏结合部，交通不便。为此，徐教授、侯总从成都先飞往了玉树。第二天一早，大家坐上了前往石渠的包车。车轮碾过铺着碎冰的山路，翻越海拔4700米的安巴拉山垭口，终于来到石渠。

冬天的石渠像极了一座空城，寒冷又寂寞。徐教授和侯总分两批约见了还坚守在岗位上的支教老师们。这些老师没有编制，月薪仅千余元，来访的老师中，有一位叫阿珍的姑娘，她已是小有名气的网红，美丽、亲切、充满活力。阿珍很喜欢孩子，教他们唱歌，跳舞，她的教学充满了热情和欢乐，她喜欢和这里的孩子们一起过简单的生活。她非常希望有一些培训来提高这里老师们的教学水平，让老师们也不断成长和进步。

雪启公益的初心，正是助力乡村教育。当徐教授和侯总带着这些故事回到理事会，大家进行了认真的讨论，雪启尽最大努力能资助71位老师，用怎样的方式来进行筛选呢？这真的很难抉择，每位老师对于孩子们来说都那么重要，如果老师离开了，影响的将是一个班甚至一个年级的学生，以及整体的教学质量，最终雪启公益选择了离县城最远的71位老师。这一温暖的举措对于成长之树而言，意义非凡。这不仅仅是一份实实在在的金钱上的支持，更是一份珍贵的精神上的鼓励。对于山区的老师来说更是一种肯定，他们的付出是被看见的，他们的坚守是被认可的，他们的努力是有人懂得的。这些被资助的老师也将带着爱和关怀，用行动去点亮扎溪卡孩子们的未来。

结　语

从黔西北苗岭到康巴藏区，这些播种星辰的人和组织用生命丈量教育的纬度。胡天勇在作业本批注的每一颗红星，邹志鹏辗转十校磨破的二十八双布鞋，索拉多吉珍藏的七百封学生来信，都在诉说着同一个真理：教育不是瞬间点燃的火把，而是代代相传的星光。当香巴拉与成长之树的资源网络交织，当雪启公益走进最偏远的校舍为众多老师提供帮助，我们终于看见——所有孤独的微光汇聚处，正升起一片璀璨的银河。

"爱"的N种链式接力

杜柳豫

在成长之树的办公室有一张神奇的"地图",这张地图并非用来导航方向,而是记录着满满的温暖与感动。这张"爱的地图"就在那本写得密密麻麻的台签里。翻开它,你会发现,这里记录着每年一百多场义卖义拍活动的时间、地点等信息,这些记录的背后是一个个关于爱与奇迹的故事。

一、街头巷尾的"爱心集市"

在某个周末,苏州的大街小巷都变得格外热闹,比平日里多了几分不同寻常的色彩。在社区,或是老街的石板路上,总会被眼前的景象吸引——这里有一些大大小小的"集市",但和普通的集市大不相同。集市中从学习用品、小家电到玩具、书籍、饰品,还有孩子们亲手绘制的画作,老人们精心编织的围巾,自制的美食等,琳琅满目的商品吸引着众多市民驻足挑选。这些物品虽然看起来普通,但每一件都承载着一份特别的心意,它们在这里找到了新的意义——成为连接心与心的桥梁。

"欢迎光临!这些都是爱心义卖品,每一分义卖款都会直接送到被帮扶学生的手上！"成长之树的志愿者们总是耐心又热情地介绍着活动的意义，鼓励大家奉献爱心。无论是酷暑还是严冬，他们都坚守在摊位前，就像一位位热情的"店长"。

有一次，一个小男孩拉着妈妈的手，小心翼翼地走到摊位前。他指着一个手工制作的小兔子说："妈妈，我想买这个，我用自己平时省下的零花钱买。"妈妈微笑着点头。小男孩付完钱，接过小兔子，紧紧抱在怀里，开心地说："妈妈，其实这个小兔子是我自己的。上次我通过爸爸把它放在了他们公司征集义卖品的箱子里。但我又很喜欢它，也很想帮助需要帮助的小朋友们，我就想了这样一个办法。我把它捐出去，又把它买了回来。这样几经变化，让我体会了另一种参与公益的方式。原来献爱心不只是直接捐款捐物，还有很多种。"小男孩的这番话，让在场的所有人听到后都赞美不已，尤其他的妈妈，更是露出比所有人还要欣喜、幸福100倍的笑容。小男孩接着还说道："我想今天也去看看其他小朋友是不是也有一些自己不需要再使用的物品，我可以买回去，也算是帮他们完成心愿，又帮助了需要帮助的人，真的是一举多得啊。"

如果有一次你也能身临其境，你一定能感受到在爱心的传递中，有一股强大的力量在靠拢在汇聚，最终凝结成助力很多人成长的温暖和希望。

二、学校里的"一元奇迹"

开学季，校园里充满了欢声笑语。当校园再次响起琅琅读书声时，一场特别的捐款活动也在悄然进行——"一元一起捐"。学生们只需扫码捐出一元，就能为远方的同龄人点亮一盏知识的明灯。这一元数目虽小，但当无数颗爱心汇聚，便成了一股不可忽视的力量，照亮了更多孩子的求学之路。

有人问："这一元钱能买什么呢？"这一元，虽然微不足道，但却是最纯真的善意，无数个一元汇聚在一起，就像是微光在黑夜中的汇聚，意义无穷。

一位叫晓峰的同学说："这一元是我帮妈妈做了一周家务才攒下来的。虽然不多，但我想着能帮到和我一样渴望读书的孩子，就觉得特别开心。"

家长们感慨道："这样的活动对孩子们来说，既是一次意义非凡的爱心教育，也让他们实实在在地感受到自己能为他人带来改变，这对他们的成长太重要了。"

据统计，目前在苏州，已经有几十所学校，包括小学、中学、高职院校、大学等，积极踊跃地参与到这样的活动中。

三、大润发里的"爱心加油站"

大润发对成长之树的助力，直接把超市变成了一个"爱心加油站"。

在很多大润发超市的卖场入口，都有一条特别长的义卖通道，上面摆满了各种各样的物品，这些都是大润发的员工和顾客捐赠的。也经常有周边的家长带着自己的孩子到这里来参与爱心助力。

小明就是"爱心加油站"的"老板"之一，其实他只是个普通的小学生。他和小伙伴们一起，把家里不用的东西拿出来，希望能为远方的贫困孩子做点什么。小明的妈妈告诉他，这些物品卖掉的钱，会用来帮助那些上不起学的孩子们。小明听了，眼睛亮了起来，他觉得自己的小小举动，也能成为一份大大的力量。"阿姨，这个小熊玩具只要10元，您看怎么样？"小明热情地向路过的一位阿姨推销。阿姨被他的热情打动，买下了小熊玩具。小明高兴地跳了起来，他知道，这10元，也许就能让远方的一个孩子多买一本书。

2021年在大润发长江路店举办的"520，为爱一块做好事——帮助山区失学儿童"爱心义卖活动，共筹得善款11000元，有318人次参与。

2023年，成长之树与大润发上海华漕店携手开展的"别让崽崽们再失学"主题爱心义卖活动，吸引了众多市民和商家的参与。通过这些活动，成长之树不仅筹集到了善款，还让更多的人了解并参与到公益事业中来。

四、企业的"慈善盛宴"

将企业的年会办成慈善晚宴，是成长之树的又一创新之举。在苏州，有一群特别有爱心的企业家，他们不仅关注自己的事业，更关心社会的公益事业。大华企业就是其中之一。该企业自2016年起，便将每年的公司年会变成了一场

"博爱牵手·让爱传递"的公益活动。每年的晚宴上，大华企业的董事长顾明华先生都会发表同样的致辞："我们企业的发展离不开社会的支持，今天当我们有能力回馈社会的时候，我们一定要尽责，为社会做力所能及的贡献。"

在慈善晚宴上，企业不仅发动员工参与捐款，还通过慈善拍卖等环节，筹集善款。这些善款全部捐赠给成长之树，用于资助失学儿童重返校园或改善贫困地区教育设施。

有一次晚宴上，一幅由贫困学生亲手绘制的画作被拿出来拍卖。起拍价是1000元，但随着拍卖师一声声的报价，价格不断攀升。最终，这幅画以1万元的价格成交。拍卖结束后，大华企业的董事长顾明华走上台，激动地说："我们希望通过这样的活动，让更多的人关注贫困学生，让他们也能拥有美好的未来。"台下响起了热烈的掌声。

九年来，大华企业集团累计捐赠善款近百万元，资助了200多名学生，其中13名学生已经考上了大学。此外，创源科技园、星诺奇科技、态度苏州等企业也纷纷效仿，以这种形式参与到公益事业中来。这些慈善晚宴不仅为企业提供了一个回馈社会的平台，也让更多的企业意识到自身的社会责任，共同为公益事业贡献力量。

多元筹款，如同一曲交响乐，每一个音符都承载着爱与希望，共同编织着苏州这片土地上公益助学的美好篇章。在这里，每个人都可以成为乐章中的一部分，用自己的方式，为这个世界增添一份温暖与光明。

互联网筹款：成长的脚步与时俱进

陈丽霞

初进互联网的魔法门

2017年8月，苏州烽火路的办公室里，成长之树助学团队正经历着一场严峻的考验。汤老师看着账户上面刺眼的数字显示：距离新学期开学还有30天，但助学点上709名孩子的助学款缺口仍有12万元。

"要不……再办场义卖？"志愿者小林弱弱提议，却被汤老师摇头否决。墙角的纸箱里，积压着去年义卖剩下的200个手工香囊，散发着淡淡的艾草味。六年来，他们重复着摆摊、写信、登门拜访的传统三板斧，就像在窄巷里传递水桶，每一次接力都要消耗大量人力，却总在途中洒落大半。

转机出现在一个闷热的午后。无锡灵山慈善基金会的贾老师突然造访，他举着手机展示腾讯公益平台上的项目："你们看，这个'山区小课桌'项目，三天筹了20万元！"屏幕上的数字跳动时，屋外蝉鸣声却突然安静了下来。"试试互联网筹款吧，"他说，"这不仅仅是把募捐箱搬到网上，而是重建整个灌溉系统。"这句话让困惑多年的团队茅塞顿开。过去，我们执着于展示山区孩子的破旧书包和冻红的脸颊，而互联网时代更需要希望的火种。在贾老师的指导下，通过灵山慈善基金会的认领，成长之树的第一个互联网公益项目"别让崽崽们再失学"应运而生。

2017年9月5日，当"别让崽崽们再失学"项目页在腾讯公益亮起时，传统与创新的差异开始显现，"先发动亲朋好友和了解成长之树的人！"汤老师嗓子都喊哑了。三天之中，朋友圈被公益项目刷屏。过去义卖要租用实体场地，如今一部手机就是全天候募捐站；从前依赖熟人圈口口相传，现在每个转发都能触达陌生人的朋友圈；最震撼的是捐赠反馈——不再是手写收据塞进信封，而是实时弹幕般的留言："已捐！孩子加油！""和女儿一起认领了一个月的生活费"。

72小时后，当数字定格在公众筹款10.3万元、腾讯配捐2.2万元、1736人次参与时，团队在震惊中拆解着互联网筹款的密码：它打破了地域壁垒，让贵州山区孩子的读书梦与上海白领的下午茶产生链接；它消解了传统慈善的悲情叙事，捐赠者不再俯视受助者，而是通过公益项目与山里孩子成为"云伙伴"；最重要的是数据可视化项目财批，让每分钱流向都透明可查，这是线下筹款无法企及的信任机制。

窗外，城市霓虹与山区星光通过光纤无声交织，成长之树团队深深明白：互联网不仅仅是一个对外沟通的窗口，也可以是让善意自由流动的河道，这或许就是打开资源汇聚大门的钥匙。怀着忐忑与好奇，他们迈出了探索的第一步，踏入这片充满未知的互联网筹款新世界，心中满是对未来的憧憬与期待。

在云端播种希望

腾讯公益平台"别让崽崽们再失学"项目。当团队见识到"互联网+公益"的魔法，腾讯99公益日成为年度必赴之约！今年已经是成长之树参加99公益的第八个年头，每年的这个时候，大家就像约定好了一样，集中召开线上线下动员会，讨论着如何让更多人参与进来。小陈负责了解项目的规则、做好宣传海报和链接、协助大家发起一起捐海报；小张负责联系商超、学校，去现场开展劝募；小林负责招募志愿者……一场温暖的行动热烈展开。志愿者们不辞辛劳，奔赴昆山、上海、苏州，深入企业与商超设摊，为"别让崽崽们再失学"项目全力宣传推广。线上，一起捐通道开启，爱心在指尖传递，罗总找到一个好办法，列了1200个朋友名单，一对一进行转发劝募，众人的善款汇聚成希望的溪流。

支付宝公益平台"守护崽崽们的读书梦"项目。"叮！"大年三十晚上八点，志愿者小雨的手机突然震动。微信群弹出消息："紧急！春节流量高峰，所有人按计划转发助学故事！"这是成长之树策划的"春节爱心接力"行动。他们提前三个月准备素材：生成公益项目海报、转发文案……除夕至正月十五，每天不间断同步转发朋友圈。有人想起自己儿时家庭的困难，毫不犹豫捐了款，还转发到朋友圈。大学室友看到后留言点赞，随即也献出爱心。同事也被触动，踊跃参与。就这样，这份爱心在朋友圈不断扩散，有一位陌生爱心人士，将自己10000元的年终奖直接捐了出来，这份信任和慷慨让大家感动不已。从亲朋好友到陌生人，大家的善意汇聚成河，为山区孩子送去希望，让这个春节满是温情。

"消费捐"开始了，每成交一笔捐1分钱到支付宝公益项目里，每天都在发生着动人的一幕幕。早餐铺老板老张在收款码旁贴上"每卖一份早餐捐1分钱"的告示，当顾客问起时，他指着手机里山区学校的照片说："我娃也在读书，不能看别家孩子没学上。"这是一场持续的爱心流量的传递行动，成长之树的志愿者们每天天还未亮时，他们便穿梭在苏城大街小巷的早餐车点、白天走到各菜场的摊位前，倡议每消费一笔捐1分钱助力山区孩子的读书梦活动，最终带动筹款额同比暴涨，连平台公益运营人员都惊叹："草根机构能把线上流量玩出花样！"

月捐项目。为了解决1000多名孩子面临失学的问题，需要广大爱心人士共同助学和长期、稳定的支持，2023年年底上线的"守护崽崽们的读书梦"公益项目，倡议爱心人士每月定时捐赠5元以上、500元以下的爱心款。众多的大树和志愿者们都成了月捐爱心大使，其中支教老师邹老师在看到月捐项目帮助着更多同行时，心中满是感恩与触动。他毅然决定，自己也成为一名月捐人，虽然平时自己的工资都没有着落也要成为孩子们的月捐人。截至2025年4月30日，共有152位爱心传播大使、累计128879人次参与月捐项目，共筹款40.5万元。

在风暴中织就新网

当下的互联网筹款也正面临着诸多棘手的难题。大环境的不稳定，经济形势的起伏，无疑给筹款工作带来了巨大的挑战。1000多名正在受助的困境家庭孩子的助学款还没有着落。听闻苏州弘化社慈善基金会长期致力于公益助学，便怀着一丝希望向其求助。汤老师精心准备了详尽的项目资料，弘化社基金会在深入了解情况后，也被成长之树完善的助学机制和项目执行能力所打动，决定伸出援手，捐赠了一笔关键的款项。

公益助学直播。2020年疫情防控期间线下活动全面停摆，视频号直播与大家见面了。成长论坛：汇报近期机构工作、视频连麦捐赠人聊聊与成长之树的故事。每月一拍：每月的15日为大家带来价廉物美的商品。专项助学直播：通过直播让更多人了解山区需要帮助的孩子。截至2025年4月30日，成长论坛84期、每月一拍40场、专项助学直播206场。

透明公益计划。腾讯"公益真探"栏目的中国传媒大学传播研究院博士留学生、来自卢旺达的Donatien Niyonzima（中文名"天赐"），作为"公益真探"来到成长之树的公益项目执行地贵州赫章进行实地考察和探访后，有感而发地说："基于我的观察，成长之树在这个区域做的事情，非常值得称赞表彰，他们在帮助孩子拥有更好的未来方面做得非常好。"正是这次项目执行地的探访，为我们的项目带来了更多的曝光和关注。

随着互联网未来的发展，慈善助学之路也会越来越宽广，让更多的爱透明公开地流向有需要的地方，让我们一起期待智能公益之路吧！

成长之树数字公益助学平台的自述

李红英

【主要人物】

小 T：就是我自己了，等你看完这篇文章就知道我的成长经历了，文后有彩蛋。

汤老师：成长之树创始人，也是小 T 的主人，精神领袖！一个有很多称呼的人，汤总、老汤、汤老师、汤爷爷都是他，但他最喜欢汤老师这个称呼；小 T 每次升级都是汤老师扛不住大量的工作的时候倒逼出来的。

小费：是一个技术理工男，也是一名程序员，成长之树论坛网站的创建者。

英子：一直觉得自己是一个技术理工女，曾经也是一名程序员，见证了小 T 从第一次变身到第二次变身，直到现在，最关心小 T 灵魂意识、流程功能完善的人，曾经为了小 T 的身心发展不惧和汤老师吵架哦。

张总：无锡地区负责人，推荐清华大学上学时的上铺兄弟升级成长之树网站。

钱总：是清华大学张总的上铺兄弟，上海青乾科技创始人之一，担起了免费给成长之树升级网站的重任。

刘总：上海青乾科技钱总合伙人，赞成免费给成长之树升级网站。

小桂：上海青乾科技程序员，数十年来一直坚持开发成长之树网站，从第一次变身到第二次，一直到现在。

容工：不太出名的非志愿者，关键时候提供了那个快速整理数据的ETL魔法工具。

嘿，大家好！我是成长之树数字公益助学平台，你们可以叫我小T，让我来给你们讲讲我的"变形记"吧。

萌芽阶段：一个问题的提出

在很久很久以前的2012年春天，那时我还没有出生哦，这些有趣的事，是一位小姐姐告诉我的。草长莺飞二月天的时节，汤老师已经把28个需要资助的孩子的信息全部整理到Excel表中，通过QQ群发给98个资助人，让他们结缘自己想资助的孩子。结果出现了很多资助人资助同一个孩子而其他孩子没人资助的情况。汤老师心里直犯嘀咕，只好跟资助人一个个沟通，搞得他不是在打电话就是在接电话的路上。"陈总，你看你能选择另外一个孩子资助吗？这个孩子李总已经资助了……""喂，老李啊，你好！你资助的这个孩子，有人资助了，你看，我帮你再匹配另一个孩子资助可以吗？……"

烦琐的过程，让汤老师头皮发麻。他两眼瞪着Excel表格，挠着脑袋、眉头紧锁，焦躁地想，怎么办呢？有什么好的办法能实现先来先得的原则？

初生：简单的论坛网站

有一次，就在筹备召开申请NPO（非营利组织）会议时，陈总提出来说："我们要申请NGO官方认可组织，是不是一对一助学的信息要公开，财务要透明化，助学款发放到孩子手上后要给资助人反馈。"费总说："我们可以建一个网站来进行信息的公开发布，把孩子的信息公布到网站上面，大伙登录网站浏览网页就能看到所有信息。"

一边开会一边记录的老汤，紧锁着的眉头慢慢舒展开了，挠挠耳朵，眼睛里闪出一道光亮，脸上绽放着像小孩子一样开心的笑容，"小费啊，这个主意好啊！我们要利用信息化来解决陈总说的信息公开透明的问题，还有资助人'抢孩子'的头疼问题。你做技术的，这个网站的建设任务就交给你了。你知道的，我们一对一资助孩子的，这块儿暂时没有资金预算。"

费总嘴上爽快答应了，脸上却愁云密布，心里盘算着没有钱如何搭建一个免费的公益助学网站。

费总利用毕生所学知识，绞尽脑汁进行全网搜索资料，终于，老天不负有心人，找到一个免费开源的论坛网站，用发BBS论坛帖子的网站进行一对一助学功能改造，把发帖子的主题改为一对一助学模块名称，发帖内容变为助学活动或资助孩子信息的发布。公益项目主题发布开展助学活动的文字和图片，财务公开公布会员资助孩子的明细和支出明细以及孩子们签收资助款的信息，等待资助发布需要资助的孩子们申请的信息，让大树们能看到，在网站上面进行选择资助有眼缘的孩子。

我就这样萌芽了，"成长之树公益助学网站"诞生了。

一开始我还是个青涩的小树苗，那时候我只是个简单的论坛网站，靠着汤老师和他的小伙伴们用Excel表格和QQ群来管理资助信息。但你知道吗？随着需要帮助的孩子越来越多，我们遇到了一个超级大的挑战——怎么让每个孩子都能找到他们的资助人呢？

第一次变身：从论坛到动态网站的升级

就在这个关键时刻，小费又出现了，他像是个魔法师一样，提出了一个主意：把我变成一个真正的网站！于是，我开始了第一次变身，从一个只能发布信息的静态论坛变成了一个可以互动的动态网站。这下，资助人可以直接在网上选择他们想帮助的孩子了，再也不用为了抢一个孩子而"打"得不可开交了。

但是，随着时间的推移，我的功能还是不够强大。于是，在2015年，我又迎来了一次重大升级。这次，无锡地区负责人张维艇请来了清华大学里睡在上铺的兄弟钱强和他的团队——上海青乾科技。他们给了我一个全新的身体，让我拥有了强大的数据库作为支撑。从此，我可以更好地处理大量的数据，还能让资助人在线支付，查看孩子们的成长历程，甚至下载捐赠证明呢！

挑战：灵魂（数据）迁移

不过，成长的路上总是充满了挑战。光有强大的身体还是不够，还要有强大的灵魂思想。记得有一次，我们要把所有数据搬到新家里，那可是个大工程啊！

每年在发放助学款前都需要采集每个学生的成长信息，学生是否升学、转学到什么学校，学生成绩、班主任评语内容，还有学生当前的一张照片，以及每个受助的学生要正确对应一个或多个资助人信息。这个都是需要每个学校按照 Word 要求进行信息采集同时提供一张照片，交给成长之树后，他们要对每一个学生的一条条记录、一张张照片整理成对应学生编号和姓名的 Excel 表格，照片对应的路径也要对应好，没有问题后手动上传到对应的网站上，照片拷贝到服务器上面，随着孩子数量的剧增，工作量也是成倍增加。

志愿者英子，对巨大的工作量实在看不下去了，心里琢磨着有啥好的办法。就在 2017 年那个冬天，作为一名懂互联网技术的理工女，她主动找身边程序员讨论这个需求，并说服了身边做 IT 开发的容工，开发了一个将学生信息和照片批量生成 Excel 的小工具，只要把学生照片和学生编码放到同一个文件夹里，执行工具几秒钟就形成了上传网站的 Excel，工作效率提高了百分之九十！

感谢志愿者们帮忙，特别是英子，她像个聪明的小精灵，找到了一个快速整理数据的魔法工具，极大地简化了这个过程，让我们的工作轻松了不少，通过开发自动化工具，我们成功地将大量的历史数据迁移到了新平台上，至此我才开始灵魂升华，这为我们后续的工作打下了坚实的基础。她是我的灵魂导师，给了我完整的记忆，完善的流程思想。

第二次变身：闭环流程功能的完善

2018年资助孩子已经达到了4038人，大树数量达到了2663人，孩子还在继续增加，解决了数据整理的工作量，但后面审核流程的步骤工作量也不少。就在2018年吴江外国语学校召开的理事会上，成长之树的创始人汤老师，被这个庞大的工作量压得喘不过气来了，面对着理事会上提出的各种意见，他委屈得流下了眼泪，说话也哽咽了。理事会上发生的这一幕幕，理事会家人们都看在眼里，疼在心里，很快大伙儿也都知道了。上海青乾科技钱总又再次站出来，安排小桂优先把我的学生信息采集功能开发出来上线，也就是在2019年1月份，学生信息采集就正式上线了，这个巨大的工作量包袱终于卸下来了，学生信息采集只需要老师或学生自己登录账户，在手机上面进行操作，汤老师在网站上面审核一下就行了。

汤老师终于又开心地笑了，"感谢钱总、感谢刘总、感谢小桂，感谢所有好心人。"他心里装着的都是感谢感恩。

展望：面向未来的不懈追求

这就是我小T的故事，一个从简单到复杂，从弱小到强大的成长之旅。汤老师、英子、费总、钱总、小桂，很多成长之树的志愿者见证了一个从简单论坛网站到功能完善的数字化平台的演变过程。这个故事不仅仅是关于技术的进步，更是关于人与人之间的温情与信任，以及对于公益事业不懈追求的精神。

我希望我能继续成长，更加强大，更加智能，等到哪一天我真正地变成AI智慧体，就可以帮助更多的孩子实现他们的梦想。谢谢大家一直以来的支持和陪伴！感谢大家让我有了表达爱的机会。

最后，下面是偷偷告诉你的我的《个人机密档案》，可不要告诉别人啊！

个人机密档案			
名称	成长之树数字公益助学平台	性别	数字生物
小名	小T	体质	AI智慧体
天赋技能	信息记录与流程管理	成长品阶	真神级

愿望：继续成长，更加强大，更加智能，等到哪一天我真正的变成AI智慧体，可以帮助更多的孩子实现他们的梦想

大事记

日期	事件	

2012年	出生 （初生：简单的论坛网站）	
2015年	第一次变身：从论坛到动态网站的升级	
2017年	灵魂思想（数据）完善	
2019年	第二次变身：闭环流程功能的完善	
……	（留白，未来无限可能）	

实施同步教学　实现优质资源共享

徐向群

成长之树的同步教学项目，是借助互联网和视频传输技术，实现远程同步课堂教学。我们在输出学校（主播教室）和接收学校分别安排一间公共教室，在教室内安装视频教学终端设备，建立远程网络教学平台。输出学校通过精心编排课表，选聘经验丰富、教学水平高的老师，对接收端的学生进行现场互动授课，并对授课过程进行实况录制。两所学校的老师和学生轮流到公共教室参与同步课程的学习。通过高频次地实施"同步课堂教学"，让接收学校的师生共享输出学校的优质教育资源，以此提高教师的教学能力和学生的学习力。

实施背景

从2013年起，成长之树开始重点资助贵州省毕节市的贫困学生。多年来，经过多方努力，成长之树资助范围内的小学生辍学率已从2013年的48%，降到2016年的4.2%左右，再降到2019年的0.5%左右。一些因贫辍学的学龄儿童，在成长之树的帮助下重新回到学校坐进了课堂，学龄儿童"有书读的问题"基本解决。但是，由于种种原因，学生的学习成绩普遍不理想，有的学生考试成绩只有十几分，甚至个位数，造成这一状况的因素很多，"教师的教学能力不足"是其中之一。如何提高老师的教学能力，让学生"既要有书读，又要读好书"成为成长之树迫切需要解决的问题。于是，同步教学便应运而生。

慎重起步

从2016年4月起，在希捷高尔夫慈善基金的支持下，同步教学项目在苏州开始试点推行。7月实地考察教室、确定施工方案；9月拜访阔地教育科技有限公司；10月同步教学系统正式开始运行；11月召开中期总结座谈会；12月，希捷公司与灵山慈善基金会联合对民工子弟学校教学提升助力计划项目（简称同步教学项目）进行了验收。经过项目材料的审核和现场的汇报答辩，本项目顺利通过验收，得到了验收组的较高评价。2017年起，同步教学项目在贵州省赫章县推广。

项目参与人胡丽萍说：同步教学项目的初衷令人振奋，然而，理想与现实的碰撞远比想象中激烈，项目的推进并非一帆风顺。起初，许多人对这个项目持怀疑态度，工作团队内部也产生很多分歧，有人担心技术不成熟，有人担心输出学校不配合，甚至在一些接收学校，老师和学生们也对这种新的教学模式感到不适应，担心效果不佳。面对这些质疑和困难，成长之树的团队没有退缩。我们一次次地与学校沟通，耐心解释同步教学的优势，并邀请老师们参与培训，帮助他们熟悉设备和使用方法。同时，输出学校也非常支持，选派优秀教师精心设计课程，确保每一节课都能达到最佳的教学效果。经过一段时间的努力，同步教学项目逐渐得到了大家的认可和支持。

艰难前行

2017年9月25日，苏州成长之树汤永坚老师一行携同西安交通大学苏州教学科研基地部分教师来到贵州省赫章县兴发乡中心小学进行同步教学观摩，并召开项目实施座谈会。与会教师与志愿者一致认为：同步教学对于学生而言更多的是体验新式的学习方法，开阔眼界，激发学习欲望。其对于受助学校而言教师的收获会更大，可以加大苏州学校和兴发学校的交流，多开展教学研讨活动，学习苏州的先进教学方法，带动受助学校及周边区域教师进行交流观摩活动，从而提高该地区的教学质量。

2018年3月27日，成长之树一行人来到兴发乡中心小学，以座谈的形式了解同步教学的效果。与会的除成长之树志愿者、兴发乡教育管理中心工作人员、兴发乡中心小学部分教师外，还有这个学期引进同步教学项目的兴发乡铁柱小学部分教师，以及即将加入的赫章县城关二小的钱校长及部分教师。

通过座谈，我们了解到在同步教学的实施过程中，存在诸多问题，于是大家群策群力，给出了解决方案。

1.帮扶学校和受助学校作息时间不同，影响受助学校的正常上课。解决方案：两地的作息时间只差五分钟，由受助学校调整作息时间，与帮扶学校同步。

2.双方学校学生基础不同，综合素质差距大，教师教学方法不同，导致受助学生不适应新的课堂，互动效果不好。解决方案：同步教学于学生而言更多的是开阔眼界，激发学习兴趣；于教师而言是学习好的教学方法，并融入自己的特色因地制宜地运用到自己的教学中。

3.双方学校教材版本不同，学生学习内容不一致，教学进度有差异，导致学生在课堂上参与感不强，学习效果不佳，受助学校教师课前准备难度大。同步课堂的教学内容，受助学校老师课后还要再讲一遍。解决方案：全国教材即将同步，只是还需要等待。在教材未同步前，帮扶学校可根据受助学校的教学需要，由受助学校安排具体授课内容，进行同步教学。课前请受助学校教师做好充分准备，提前把上课内容复印给学生预习。

4.设备使用和网络连接的问题，这是目前同步教学项目存在的最大困难：接收设备的调试工作难度大，受助学校网络不稳定，导致授课途中画面或声音不清晰甚至会中断。解决方案：接收学校需派专人管理设备，专人开关机，调试机器严格按程序进行。受助学校想办法提高网速。

柳暗花明

输出学校的胡校长说："通过与汤老师交谈，我被他坚定的信念和无私的奉献精神深深打动。于是，我毫不犹豫地加入成长之树的行列，与我的老师们一起承担起线上教学的任务，通过'教学扶贫'为远方的孩子们送去知识的光芒。我们克服了硬件、软件、网络等重重困难，定期开放语文、数学、英语等课程，后来又逐步增设了音乐、美术等丰富多彩的课堂。当贵州的孩子们与我们的孩子共享一个课堂，共同在双方老师的引导下探索知识的奥秘时，那份跨越千山万水的连接与友谊，让每一个人都感受到了爱的力量。"

2018年8月，苏州吴中区首届青少年公益创新大赛获奖项目——同步教学推广项目在吴中区团委、乐仁乐助社会创新机构、东湖小学的支持和帮助下，顺利完成了项目计划，取得了良好的实施成效。本项目原计划开展活动49场，实际完成59场，执行率达120.4%；实际受益人次东湖小学：学生2547人次，老师89人次；盛虹学校：学生3365人次，老师346人次。

2019年，在苏州市民政局的支持和苏州市社会组织促进会的监督指导下，由成长之树执行的苏州市公益慈善伙伴行——《同步教学助力，艺术课程共享》项目得以有效开展。截止到5月底，已经按计划累计开展了92次活动。本项目的实施，一方面缓解了艺术老师配备的不足，另一方面新颖的上课方式吸引了接收方学生们的注意力，提高了学生对音乐和美术知识的了解，激发了学生的创造力和想象力。

2021年11月19日下午，通过成长之树同步教学系统，来自苏州、赫章两地几所学校的教师共同参与了一场跨越时空的心理学专题。主播教室设在苏州市横泾实验小学，本次讲座的主题是《如何做一个好老师》。

2022年同步教学项目筹款24.4万元，实际使用28.8万元，主要用于接收教室升级为主播教室1套，新安装接收教室4套。至此，总共有24套同步教学设备在正常运行，其中7套在苏州，17套在赫章县。开设的课程日趋合理，"同步"的效果日益显现。

截至2023年年底，共有29套设备正常运行，其中苏州主播3套，接收4套；赫章主播4套，接收18套。2024年，苏州的4套接收设备，全部移至贵州江口。

同步教学项目实施九年多以来，共计开展将近4000节课，覆盖老师、学生人数近20万人次，涵盖数学、语文、英语、音乐、美术、劳技、品德、科学等多门学科，老师和同学们的反馈都很好，不仅激发了学生的学习兴趣，对改善他们的学习方法、开阔眼界都有帮助。在此，我们感谢无锡灵山基金会和希捷高尔夫公司等多方支持，感谢主播学校和接收学校领导与老师们的密切配合，是大家用爱心、智慧和心血持续浇灌了"同步教学"这颗幼苗，使它生根发芽并茁壮成长起来。我们希望在不远的将来，它能开出更美的花，结出更甜的果。

严明的制度是组织健康的保障

房 玮

随着手机提示音的响起，小王收到了一条来自成长之树的提示短信"您的捐款已被签收"。这已经是小王加入成长之树第七个年头了，而成长之树已经默默走过了十五个年头，小王并不想公开自己的名字，因为他有一个更光荣的名字，叫大树。

究竟是怎样的一家公益组织，可以让这一棵棵平凡的大树甘之若饴地默默奉献十五年呢？究竟是怎样的一家公益组织，可以在十五年资助13000多个孩子完成学业，给他们的人生更丰富的选择呢？又究竟是怎样的制度建设，让这家公益组织在十五年内，从四个人的团体成长为拥有接近6000名大树，却仍然能保持着零投诉呢？

一对一资助制度

成长之树采用一对一资助管理系统。当需要资助的孩子提交申请后，成长之树的志愿者会进行实地走访，用亲眼所见，亲耳所闻，亲身体验来复核孩子的实际情况，并在走访后提交走访报告。如果孩子符合组织资助的条件，孩子的基本信息会通过网站进行公示，此时，资助人就可以选择自己想资助的孩子。只要孩子依旧在学校继续学业，资助人就可以通过网站查询到孩子资助款的领取状况，孩子成长经历，孩子的来信，孩子的照片等也会通过网站"转交"到资助人手上。

选择这样严谨的资助方式，成长之树让每一个资助人的款项都有了明确的去向，确保每一分资助善款都给到受助人手中。

专项资助制度

老任最初是汤老师在山区看到没有书包的孩子们时想到的外援，起初汤老师只是想化一场仅仅18个书包的"缘"，然而这个"缘"却在老任手上从18个书包变成600个书包，而最终成为成长之树的另一个运行模式——专项资助项目，老任也从汤老师的老友成为成长之树的共同发起人之一。

专项资助制度作为与一对一资助制度的并行方案，是成长之树助学的两驾马车之一，对在校孩子的资助过程中，专项资助项目根据各地的实际需求，灵活且有针对性地解决当地孩子、学校遇到的实际困难。至今，运动鞋书包项目、学生校服项目、教学基金、同步教学等都在多年的持续运行中发挥着极其重要的作用。

"1+1"推荐制度

助学并不是一件一蹴而就的事，尽管近些年政府也有各种助学政策支持，可是交通不便，家庭劳动力的缺乏等现实问题仍然常常成为阻挡孩子完成学业的障碍。稳定持续的支持是帮助孩子留在学校的关键。

成长之树采用"1+1"推荐制，前面一个"1"是指已经加入的资助人，后面一个"1"是指新推荐的资助人，这就使得成长之树的捐助人体系稳定且紧密。基于对推荐者的信任衍生至对组织的信任，也使得组织本身因拥有了更多同频同心而成为价值观一致的团体。这样的团体减少了组织的内耗，也让运作效率更高更快。注册流程本身也是对捐助者的考验，秉持着强大稳定的内核，不计回报的捐助成为孩子们稳定持续的资金来源，也让成长之树的大树们连成了牢不可破的森林屏障。

财务公开制度

成长之树的财务公开制度将每一笔捐助款都在网站、公众号等平台同步公开。每一笔捐助款项都会通过财务公开制度向公众展示，您可以查询到每笔款项的去处和实际使用状况。

成长之树采用专款专用制度，助学捐助款不抽取任何管理费，组织运营的管理费用会通过专属捐助项目进行募集。为了降低管理费用，成长之树还衍生出了很多不近人情的细分制度。比如，办公室的空调开放需要四名工作人员中的至少三人同意；而每个月工作团队线下会议的工作餐依然保持着10元的标准，时至今日，工作餐成了团队团建的一部分——节俭生活的实践。

严格的财务公开制度不只包括对募集资金，管理基金的公示，还包括了严格的财务审计制度。经得起大众的审视，更经得起专业会计师团队审计的财务管理制度为成长之树在公开透明中发展保驾护航。

财务管理制度

随着成长之树的组织壮大，筹款的方式也逐渐多元化。爱心义卖，义拍，物资捐助，线上公益平台等不一而足，所有这些方式募集的款项都必须进入成长之树的企业账户，并依照财务公开制度进行公示。对于志愿者以成长之树组织成员身份收到的物资，礼品等，也会以义卖义拍品的方式进入组织账户，汇入为孩子们助力的资金池。

走访与助学金发放制度

成长之树对于每一个申请资助的孩子采取走访制，志愿者自愿、自费，用基于自身的独立视角对被资助者进行实地访问，之后向组织提供独立判断，同时将助学金亲手交到每一个被资助的孩子手上。就是这样一个"吃力不讨好"

的工作，却是成长之树内部的顶流活动，热门线路更是需要提前"抢票"。在分秒必争的当下，短则一两天，长则七八天的走访，对志愿者来说，更像是一场洗尽浮华的"充电"，在路上，我们见到的不只是人间疾苦，更有闪耀的人性光辉。

被资助人审核制度

成长之树的被资助人审核制度以孩子的生活背景为基础，以实际需求为唯一条件，只要孩子还留在学校，只要困难依旧存在，成长之树就会持续为孩子撑起一片蓝天。首次审核经志愿者走访通过后，之后的每年会由老师、志愿者或孩子本人提交更新信息，再经由助学款实地发放的过程进行核实，让被资助人的审核制度成为闭环。

隐私保护制度

尽管捐助者大树和被捐助的小树之间充满了牵挂，成长之树仍然用不提供直接联系方式，不鼓励见面，不做深入交往，保持适当的社交距离等严格的隐私保护制度将这个牵挂平衡在了应有的位置。

同时，孩子们的隐私也被严格保护，所有公开照片都需要对他们的面部进行遮挡。

民主表决制度

组织运行过程中，民主表决制度是保证组织精准决策的方式。然而，如果遇到票数相同该如何决策呢？年龄加权法的运用不但解决了这个问题，还成了让组织保持年轻态的不二法门。当投票票数相同时，用投票参与者的年龄进行加权，采用年龄更小的一方的决策，让组织决策也更能够与时俱进。

独立观察员制度

成长之树特有的独立观察员由组织以外的专业人士担任，每年会通过他们第三方的独立视角对成长之树的组织结构，工作实施等方面进行"体检"。这一制度的建立是为了避免组织内成员身陷"不识庐山真面目，只缘身在此山中"的可能状况，可以用不一样的视角为组织的发展建设提供更多元的角度和方向。

十五年的积淀，成长之树还有很多具体制度未尽其详。而这些用一句话描述的制度背后，却往往是成长之树发起人，理事会，监事会，工作人员，志愿者等众多耕耘者长达数月、数年的付出，他们的奔走，争论，纠结，被质疑，被期待，辗转反侧夜不能寐，最终才炼化成了这一根根支撑着成长之树的强壮骨骼。

大事记（2011—2024）

2011年1月12日

资助江西省泰和县上模乡中心学校的18名学生，由此开启了成长之树一对一资助学生的旅程。

2011年4月18日

成立第一个专项助学项目——"谢子晨教育基金"（后改名"谢子晨助学项目"）。

2012年8月17日

成长之树工作团队成立，并召开第一次工作人员会议。工作团队是处理成长之树日常事务的非常设机构，每个月召开一次会议。

2012年9月4日

成长之树网站备案获工信部通信管理局核准。成长之树第一版官网投入使用。

2012年10月21日

成长之树第一次资助人大会在苏州白马涧龙池风景区召开，会后更多人开始关注成长之树。

2013年3月2—4日

志愿者第一次走访贵州省赫章县兴发乡石板小学部分学生家庭，这是一个新的起点，成长之树的助学规模在此之后迅速扩大。

2013年3月11日

成长之树成立第一个专项基金——"石板小学教师基金"（后改名"教学基金"），募集资金专项资助山区民办老师。

2013年5月14日

向苏州市民政局申请成立"民办非"组织，名称：苏州市成长之树公益助学中心。7月16日苏州市民政局核准登记。

2013年10月7日

成长之树召开第一届理事会第一次会议，并选举产生监事会监事长、副监事长，理事会理事长、副理事长，成长之树管理架构日趋完善。

2013年10月18日

成长之树标志获国家版权局登记保护。

2014年2月15日

按照《区域性小组管理办法》小组产生及编组原则，成长之树对区域性小组重新命名和编组，形成了目前会员的管理模式。目前已成立区域性小组96个，其中上海地区23个，苏州地区38个，无锡地区7个，其他地区28个。

2014年4月1日

成长之树正式入驻苏州公益园孵化，为组织规范化建设创造了条件。

2014年4月13日

上海三组携手同心会、四叶草之家联合举办"慈善义拍"活动。从此每个季度举办一次"慈善义拍"活动，为成长之树助学项目筹款。

2014年10月19日

成长之树首期会刊（2014年版）出版。

2015年1月4日

聘请的第一位全职工作人员正式上岗。

2015年1月9日

由苏州烟草公司资助的"成长之树苏州市家庭贫困学生助学计划"正式启动，苏州烟草公司已连续六年资助该项目，总金额155万元，惠及苏州大市范围内10所外来民工子弟学校的332名学生。

2015年1月31日

大华企业举办首届"让爱传递·慈善之夜"晚宴，通过现场拍卖和认捐的方式为成长之树筹款，此活动已连续举办九届，筹款超过90万元。

2015年4月3日

苏州远东服装有限公司向成长之树捐赠一批运动服装，价值31万元。

2015年10月16日

首次委托苏州心宇会计师事务所对成长之树2015年财务工作进行审计。至此年度财务审计、一对一助学项目专项审计成为成长之树例行工作。

2015年12月18日

成长之树通过中国社会组织等级3A评审。

2016年1月25日

由上海青乾科技开发的成长之树新网站启用，网站功能日臻完善。

2016年4月5日

成长之树正式入驻巾帼公益园孵化。

2016年5月15日

苏州、无锡、昆山三个地区的成长之树会员们举行以"与爱同行"为主题的徒步活动。多城联动徒步活动至今已连续举办八届，参加的地区有苏州、北京、无锡、昆山、上海、杭州、南京等地。

2016年5月27日

成长之树"同步教学"项目获灵山慈善基金会——希捷公司资金支持。同步教学项目正式启动，随后在试点总结经验的基础上，迅速在苏州、赫章两地推广。

2016年7月22日

由HELP2组织的爱心筹款活动在昆山皇冠国际酒店举行，筹得款项31.1万元，创单次慈善义卖义拍活动筹款之最。

2016年9月19日

成长之树"民工子弟学校教学能力提升助力计划项目"通过苏州市第四届创投专家组评审。成长之树先后承接了苏州市、姑苏区、昆山市等地的多个公益创投项目，获各界好评。

2017年7月13日

成长之树爱心大使陆续推出，表彰在公益助学活动中表现优秀的个人和集体。

2017年9月7—9日

成长之树第一次参加腾讯99公益日活动，拓宽了筹款渠道。

2018年10月9日

"民工子弟学校教学能力提升助力计划"获苏州市民政局公益创投优秀项目。"同步教学——为外来民工子弟打开艺术之窗"获昆山市民政局首届创客大赛实践类项目三等奖。

2019年2月4日

成长之树"别让崽崽们再失学"项目首次参加阿里公益筹款活动，筹款渠道多管齐下。

2020年4月24日

成长之树"一帮一助学"项目在支付宝公益平台正式上线。

2020年6月1日

成长之树视频号投入使用。

2020年6月10日

成长之树成立十周年主题歌正式发布。

2021年3月17日

经过试点总结，学生信息采集工作全部在手机版网站上完成，明显地提高了工作效率，节约成本。

2021年6月20日

成长之树在苏州举办首个"大树生日会"主题活动。目前"大树生日会"分别在苏州、上海、无锡、昆山等地每月举办，"大树生日会"成为志愿者和资助人线下活动的主要形式之一。

2022年4月23日

"世界读书日"，成长之树举办了一场空前盛大的12小时不间断为爱直播活动。疫情之下，"云端献爱心"直播吸引了众多人的关注。直播助学也成为成长之树筹款的渠道之一。

2022年8月24—28日

腾讯公益派出的"真探"在赫章县实地探访，了解助学情况，了解同步教学开展情况，还和部分受助的当年考取大学的学生交流座谈。

2022年11月10日

腾讯基金会资助的百个数字化应用项目"成长之树助学平台开发应用与升级"正式签约。2024年3月20日项目通过验收。

2023年4月15日

第七届成长之树爱心徒步——爱聚花山顺利举办，来自上海、苏州、昆山、无锡等地300多名志愿者参加。从各地分别举办到汇聚苏州共同举办是一个新的尝试。

2023年11月25日

成长之树首届公益拍卖活动举行，以后每年举行，助力成长之树助学项目。

2024年6月22日

首届志愿者大会召开，成立了7支志愿服务队，表彰了270名优秀志愿者。

2024年9月3日

为更好地规范筹款行为，将官网收款单位正式变更为具有公募资格的无锡灵山慈善基金会。

2024年9月30日

当年（2023年10月—2024年9月）筹款首次突破千万元大关，成长之树的筹款能力迈上新台阶。

后 记

　　2023年年底，一个念头在我脑海中浮现：成长之树即将走过十五载，能否在这个特别的节点编写一本书，将我们的初心与实践记录下来？

　　为什么要出这本书？因为"成长之树"的助学体系实在难以用一两句话讲清楚。不同的人看到的"成长之树"也不尽相同。我们不妨请不同身份的伙伴来写——从资助人到志愿者，从受助者到合作方——用他们的亲历讲述，还原成长之树真实而立体的样貌。倘若读者在书中还能找到共鸣，甚至获得一些问题的解决思路，那就更有意义了。

　　有了这个想法，我第一个想到的是高世红老师，她是成长之树会刊的"大编"，也是了解我和成长之树最深的人之一。我打电话和她聊了初步构想，她不假思索地说："出书太好了！"于是，我们分头行动——她去图书馆找资料、参考出版形式，我则开始约稿。

　　约稿过程顺利，但也遇到难题：部分稿件内容重复，结构松散，成书难度较大。正当我一筹莫展时，一位新朋友的出现令事情峰回路转。那是2024年年底，资助人崔云告诉我，新加入成长之树的资助人邱鹤鸣老师是一位出版过多部作品的作家。我当即请崔云安排见面。第二天下午，在乐嘉汇我与邱老师初次会面，相谈甚欢。谈到出书的想法，他欣然表示愿意参与，并很快提出了清晰的结构设想。我立即打电话给高老师，约她过来一起商量。高老师中断正在参加的会议，打个滴滴就来了。

邱老师建议将全书分为几大板块："成长之路"（组织历程与大事记）、"成长之事"（制度、网站、团队等关键发展节点）、"我与成长之树"（记录资助人、受助人、"树二代"、公益伙伴的故事）、"成长森林"（展望未来方向）。他的思路使我们豁然开朗。随后，我们确定了十个核心事件，分别邀请熟悉项目的伙伴执笔，丁凡越负责撰写总述文章，邱老师承担稿件初审工作。

最初我们计划仅作为内部资料，不公开出版发行。后来顾监事长建议：若内容质量不错，可考虑正式出版，这对许多年轻作者而言是一次有益的经历，无论评职称还是个人发展都大有裨益。

书稿中所记事件有些发生年代较早，而今当地状况已大为改观，全面脱贫已完成，但我们的初心和努力仍值得记录下来。

之后的编辑工作尤为繁重。为达到出版标准，资深媒体人沙娜老师付出了大量心力，对原始稿件做了大幅精简与文学重构：总篇幅从18万字压缩至13万字，稿件由136篇精炼至86篇，多数稿件重拟了标题，并添加了小标题，内容力求保持原汁原味风格又要增强文学性、条理性和情感深度。沙老师在原文基础上进行语言精炼润色、逻辑节奏梳理、段落重构、细节增强和情感升华，力求提升整体表达的流畅度、逻辑性与感染力，有些文章几近重写。

与此同时，书名也经历了多番讨论，最终采纳了邱老师和沙老师的建议，定名为《成长之树》。这个书名寓意深远，包含多重内涵：它首先是我们这个助学公益组织的名称，其次象征着组织自身在实践中不断探索、完善的成长过程。同时，它代表着每一位资助人——"大树"在公益之路上的担当与蜕变，也象征着无数受助孩子如"小树"般破土而出、茁壮成长。更深层意义上，"成长之树"不是一棵树，而是一片相互滋养、共生共长的森林，是一个温暖的生命共同体。

在此，谨向所有支持和参与本书的人致以最诚挚的感谢：

首先感谢所有投稿者，是你们用亲历和真情，共同写下了"成长之树"的年轮。

　　感谢高世红老师，在第一时间响应并启动筹备工作，投入大量时间梳理稿件；感谢邱鹤鸣老师，在我们迷茫时提供清晰方向，并承担初审重任；感谢沙娜老师，为确保出版质量而夜以继日地编辑、修改稿件；感谢凌翔老师推动了本书的出版。他们的专业、热忱与担当，是本书得以面世的重要保障。

　　愿这本书成为一颗种子，种在更多人心中，继续向光生长。

汤永坚

2025 年 6 月 2 日